含章可贞

郭子瑞 著

内蒙古人民出版社

图书在版编目(CIP)数据

含章可贞/郭子瑞著. -- 呼和浩特：内蒙古人民出版社，2023.11
ISBN 978-7-204-17392-1

Ⅰ.①含… Ⅱ.①郭… Ⅲ.①诗集-中国-当代②小说集-中国-当代③散文集-中国-当代 Ⅳ.①I217.2

中国国家版本馆 CIP 数据核字(2023)第 011905 号

含章可贞
HANZHANG KEZHEN

作　　者	郭子瑞
责任编辑	高　彬　贺鹏举
出版发行	内蒙古人民出版社
地　　址	呼和浩特市新城区中山东路 8 号波士名人国际 B 座 5 楼
网　　址	http://www.impph.cn
印　　刷	内蒙古翰晖印刷包装科技有限公司
开　　本	880mm×1230mm　1/32
印　　张	7.5
字　　数	100 千
版　　次	2023 年 11 月第 1 版
印　　次	2023 年 11 月第 1 次印刷
书　　号	ISBN 978-7-204-17392-1
定　　价	28.00 元

图书营销部联系电话:(0471)3946298　3946267
如发现印装质量问题，请与我社联系。联系电话:(0471)3946120

序 一

诗是人类传递情感的重要途径，而中国自古以来就是诗词之邦，从千年前的《诗》发展至《楚辞》，隋以后演变出格律诗，乃至后期衍化出的宋词元曲，无一不是我们深厚文化底蕴的印证。

今天，在东西方文化不断冲击与碰撞的当下，我见到了诗词文化在新时代的绽放。我是惊喜的，这份惊喜来自作家郭子瑞——一个 15 岁的小小少年。他的文字、思想炽热、豪迈、挥洒，理性与感性并存，让我看到了与他年龄不甚相符的成熟稳健，这份成熟使我震撼。

其诗《感游归绥一夜如京》，起句"呼吐羲皇气，千圣功与名"，如高山巉岩，令人生出遥逸之感，句句藏着仙气儿。而如此之高的起句，又以"遥得重山去，云远恣孤形"相接，似高山流水奔腾而下，自然、得当，让我不禁想到了李白的《北风行》："烛龙栖寒门，光曜犹旦开。"豪迈奔放，动人心魄。

其词《沁园春》："云转东风，烛日半来，雨断桥头。回首春光尽，曾经初柳；莫听打叶，红绿遮楼。"读之顿觉清风拂面，动人心弦。

其散文《驳韩退之之原道》，文章开篇并未直入主题，而是以中国传统文化的发展史为述，体现了中华文化的深厚底蕴、丰富内涵及价值。文中："然其果悉善乎？非也。其言各益，各不益。庄子曰'圣人不死'云云，虽死而何焉？是圣所以久存而非他也。然或以孝、悌、仁、义、忠、信、贞、廉为谤诬他人者，必其罪。夫子曰唯女子与小人为难养也，虽养而佞焉？是女子小人所以为者有胜也。然以弱幼为诽，枉正曲锐者，必其责。佛陀曰秉承慈悲，剃发无后，食素无荤，虽积发肉食而无境焉？是足念而皆处参佛。然以削顶斋食以为凭者，必其教。是故有不足者，因形效论尔。世无完类，当以三学而合一，求精而非求罔，求全而非求独。""我所谓：心存和，道存安，相取长，不互谩。或有曰：儒之所事，为华夷之辨，何而为持释门欤？应尽之而无存。何也？"针砭分明地引出了他对古典文化传承的独特想法，颇有见地，令人耳目一新。

文化传承，薪火永继。看到郭子瑞这样年轻蓬勃的新时代接班人，我坚信在任何方面，中国都将站在世界的前端。

王焕成

序 二

郭子瑞者，知事好学，得祖、父辈家传，秉性良善；达事通情，仰师、友汲引，获益良多。坐校窗灯下，洗耳凝神；戏操场绿茵，争锋不让。学体俱进，不负时光不负亲；品德优良，摘得桂枝珍视金。顺风顺水，春光有赖，孜孜矻矻，学渐有成。校学之余，吟咏成癖，醒脑览史籍；转益多师，立雪拜先生。是以遣词以书性灵，辨是非而理明。文章利世，纷芸天下，谁可任肩？正己达人，露日拨云，犹须赤胆。不学何以成乎？若郭子瑞者，敏于思而笃于行，苟日新而又日新，充梁作柱，后会有期矣！

纵观其散文习作，可窥其运笔之功。"居无何，竟至无名园而不知。缓步慢视上下之景：云开天阔，海从怀生，远风忽近，动林静听，干枝相错，影傍依连，交织乱目，不知其深浅也。"（《无名园游记》）千古文章，俱为善学者所用。范仲淹《岳阳楼记》、柳宗元《小石潭记》之行文措辞，恍然入目。"今吾之幸，得居安世，又逢圣人，以尹天下宁定，庇吾之身，予吾衣食，不思寒苦，不行干戈，承明教化，当无所求矣。"（《早春山赋》）活在当下，人生如此，孩童世界，亦复难得。世事芜杂，睹物驰怀，是为善视。"今之人，虽处安世，如不守身，将得后患。"（《祸道》）若非善思，宁有此辞？正所谓"文章千古事，得失寸心知"。

犹可喜者，子瑞同学好学，诗词歌赋多有涉猎，其小说依聊斋笔法，民间传说、骇怪散诞轶闻，撷取一二，演绎成篇，或遗一笑，或遗一叹，亦足观览。《梦鬼》《娶鬼》可见一斑。故事行文已似蒲公，又善学一证也。

书中所载，诗词为多，因物起兴，艺海拾贝，鳞爪所获，也足怡情适性。《定风波》："百世功名尽作空，疫魔伴雪到隆冬。跨马难行千里路，辞户，凭君挥血泪当中。自古寇敌何可惧，谈叙，红旗卷尽垢随风。天下变更谁敢料，长笑，千重万苦辨吉凶。"有感而发，思辨能力已具。《如梦令》："曾是晚来同梦，何故秋风留痛。又忆故人颜，相望无人相送。别送，别送，斜雨扶眉沉重。"扶眉之"扶"字微瑕,斯为一憾。古风篇章,间有好句。如:"我想饮得长生水,看尽春秋喜与悲。与日月为伴,与天地同栖。"(《忆今朝》) 如:"人生轮回千百世,明日光景谁可知。万象挥手变,天地永更新。"(《念春》) 又如:"将军铁马今何在?唯见共生辉。"(《古今事》)《从宫行》一篇,有李白《将进酒》风格,令人诧叹。《感游归绥一夜如京》趋于成熟。《黄土道尽桃源中歌》个别句换韵太促,以为缺憾。前途发轫,艰涩尚多,但白玉微瑕,应在渐入化境之时校正。若非天纵英才,岂可一蹴而就?善学善思善成,功在不舍。做事三思而行,做人博爱众而亲仁,见贤思齐,见不善如探汤,斯为好学。坚持数载,云路通衢,抱璧应如拾芥耳。

以为序。

李文佑

2022 年 8 月于呼和浩特

目 录

古 风

夕阳 …………………………………………… 3

恒山 …………………………………………… 4

心海 …………………………………………… 5

踏春 …………………………………………… 6

午后所闻 ……………………………………… 7

追梦 …………………………………………… 8

晚春 …………………………………………… 9

观春潮 ………………………………………… 10

英雄 …………………………………………… 11

为国出征 ……………………………………… 12

所感 …………………………………………… 13

对天酌 ………………………………………… 14

忆今朝	15
醉仙	16
岁月	17
念春	18
英雄	19
梦游仙	20
岁月	21
独步天涯	22
千古愁	23
古今事（一）	24
古今事（二）	25
古今事（三）	26
西行	27
山阁行	29
朝暮行人	30
明辨	31
无题	32
观《纵横四海》有感	33
明月乱	34

忆张国荣	35
观《英雄本色》有感	36
明月向人来	37
前途漫	38
夜雨有感	39
冬雪	40
赠李友	41
小人志	42
高云言	43
古今事	44
黄河	45
早秋	46
青山下行有感	47
春雪	48
忆别离	49
痴明日	50
无题（一）	51
无题（二）	52
无题（三）	53

无题（四）………………………………… 54

无题（五）………………………………… 55

无题（六）………………………………… 56

无题（七）………………………………… 57

无题（八）………………………………… 58

观云 ………………………………………… 59

观敕勒川草原有感 ……………………… 60

春日杂感 ………………………………… 61

观大风 …………………………………… 62

夜来逢雪夜出所感 ……………………… 63

黄土道尽桃源中歌 ……………………… 64

夏日寒风 ………………………………… 65

秋日广游 ………………………………… 66

无故愁 …………………………………… 67

风无鸣 …………………………………… 68

西阳楼 …………………………………… 69

夜思孟友偶得 …………………………… 70

松上雀 …………………………………… 71

夜影共舞 ………………………………… 72

青台赋	73
题吴君翰宇者画上	74
新秋赋	75
从宫行	76
行千里赴三清宴	77
感游归绥一夜如京	78
明堂赋	80
难别言	81
大青山	82
新宫词	83
秉公骋	86
闻雨探月	88
老梦歌	90
旧宫想（一）	91
旧宫想（二）	92
旧宫想（三）	93
旧宫想（四）	94
望荒山	95
白月吟	96

夜逢绪忆席上醉吟 ……………………………… 97

还塞难 …………………………………………… 98

次岁除夜作 ……………………………………… 100

天青行 …………………………………………… 101

壬寅年除夕而感 ………………………………… 102

怨女词 …………………………………………… 103

秋日陪张谦及诸客宴酬全金楼怀梦感作 ……… 104

格津诗

将岁逢雪有感 …………………………………… 109

江秋 ……………………………………………… 110

喜春 ……………………………………………… 111

春山 ……………………………………………… 112

念友 ……………………………………………… 113

玄武湖所感 ……………………………………… 114

醉中秋 …………………………………………… 115

闲赋 ……………………………………………… 116

南山 ……………………………………………… 117

无题（一）	118
无题（二）	119
无题（三）	120
医生	121
盼友	122
海魄	123
梦里乡	124
长江水	125
唐僧	126
梅（一）	127
梅（二）	128
夕阳	129
痴明日	130
急雨	131
观云有感	132
清明杂感	133
清明夜行	134
中秋上层楼	135
出月新雨	136
向东风	137

词

秋蕊香　春风	141
渔家傲　时光	142
定风波　战疫	143
定风波	144
满江红　千秋	145
清玉案（一）	146
青玉案（二）	147
恋情深	148
钗头凤	149
清平乐（一）	150
清平乐（二）	151
如梦令	152
惜奴娇	153
恋情深	154
沁园春	155
人月圆　似水流年	156

菩萨蛮 新雪	157
绮罗香	158
梧桐影 敌疫	159
柘枝引	160
如梦令	161
谒金门 对红花	162
如梦令	163
春晓曲 杂念	164

小说

蛇僵尸	167
王渊	169
梦鬼	174
人化兽	176
罴鹿	178
蛇精	179
娶鬼	182
郑广	184

伶琴 ………………………………………… 188
算命 ………………………………………… 196

散 文

无名园游记 …………………………………… 199
早春山赋 ……………………………………… 201
祸道 …………………………………………… 203
驳韩退之之《原道》 ………………………… 204
初雪游记 ……………………………………… 208
物道论 ………………………………………… 210
愚苇子 ………………………………………… 213
与营山长书 …………………………………… 219

古风

夕 阳

日暮春江问水深，
残阳如故莫伤神。
望挽余晖留旧影，
今朝送去晚夕人。

恒 山

百转天阶走,
翠墨掩行人。
闲琴霄阁上,
探手取星辰。

心 海

浪伴云帆万里遥,
寒冬路上尽萧条。
梦里寻春何处觅,
只见腾云伴浮潮。

踏 春

春泽天下自东风,
碧海吞阳震蛟龙。
万象更新枯草绿,
青霄成殿踏云登。

午后所闻

往顾如今落日晖,
斜阳旧影絮风吹。
伴友同归天涯去,
遥观江水永不归。

追 梦

浪伴云帆万里遥,
寒冬已退路萧条。
便上琼峰将登顶,
遥观碧海浅观潮。

晚 春

东风似锦越春山,
水伴闲歌送客船。
绿红已镀千秋色,
云翻浅墨未遮潭。

观春潮

春潮激浪亦航帆,
直过万里江山。
苍云白天雷惊怒,
忽闻甘露临凡。

英 雄

英雄名于墨,
挥血纸上斑。
时光如水多少汗,
换得黎时颜如欢。

为国出征

仰天长啸辨晴阴,
马破长歌泪不禁。
宏鞭挥断疾魔灭,
多少豪情震古今。

所 感

东风似锦云如意,
苍云白天,千红浮绿。
春潮逐破际天去。
千秋淡尽盛唐事,
万载排空多少春。

对天酌

遥望夕阳坠海碧空尽,
恰见飞雁驾云自南归。
何必多忧愁千古,自在逍遥共逢欢。
花来衫里影舞乱,影落池中映花红。
古人不见今时月,今时难闻古人言。
不求千金足贵,但愿天下平安!

忆今朝

似梦昏昏云如轻,不晓今日何愁情。
想江畔绿柳成荫,想桥头乱风拂琴。
叶落河边鸟归树,轻烟附水莫伤心。
绿黄红紫,到头来,却盼得花残落尽。
昨日夕阳吞海,今朝皓月正空。
昨日天晴放荡,今朝地满黄尘。
我想饮得长生水,看尽春秋喜与悲。
与日月为伴,与天地同栖。

醉　仙

争云自上九重天，
跨野渡江浅笑间。
醉见穹霄如肆墨，
笑论今朝是何年。

岁 月

游云飞去伴光阴,
百花如炬晚风新。
四季轮回永不灭,
朝暮更变又斑鬓。
逝水刻尽苍颜白发,
流年送走多少人生。

念 春

云帆似梦跨千里,
海啸天涯永不归。
朝阳承东扶摇起,
碧空浩浩尽春辉。
人生轮回千百世,
明日光景谁可知。
万象挥手变,
天地永更新。

英 雄

沧海浩浩,朝天笑。

滔滔不尽际空去,不知归来何时了。

我自问天天知晓,千古英雄多少?

血洒功名传百世,今朝大醉可好?

挎负壮志直上千里,换得耀阳晴空高照。

梦游仙

凡眼难辨世间对错，肉身难登华堂玉阶。
我自攀云直上凤銮阁阙，观涛浪之复还。
挥墨虚空，闻得雷鸣伴雨。
拂袖天下，见得万象更容。
夜半驾龙摘星去，朝见朱雀衔春来。
人生何必多愁苦，举杯对月共言欢。
随风可到天涯海角，看尽人间多少真情。

岁 月

岁月似海尽,浩浩不复回。

春风送走多少英雄。

几度夕阳朝升。

时光无情催人老,青丝斑驳镀银霜。

豪情壮志别时月,到头只见墨留名。

把酒天下笑穹顶,声震古今总归尘。

我问幽云自知晓,苍天何不老?

人间生死千百世,乾坤更变又一年。

独步天涯

往昔如梦逝海潮,滔滔挥尽多少别离。
朝见旭日托云起,夜闻明月揽青空,
一日如此度,万古弹指间。
人生几度悲欢离合,我自独步际天涯。
遥望云霄更变见彩霞,但愿饮尽春秋年华凭千古,
斩尽天下多少愁苦,共迎春。

千古愁

巨浪淘尽夕阳余晖,染上流年是非。

千载难得金樽酒,天涯明月何时归。

青空澄碧,墨鹤驾云飞。

仙人栖于霄阁之上,卧听春雨秋夜伴风吹。

万古愁难断,更尽酒一杯。

古今事（一）

春朝秋月辨往昔是非，墨雷晴旭斩阴阳徘徊。
青霄何道难行路，横岭绝断登天门。
空山愁度千百岁，长城龙踞惊鬼神。
锦歌云乐，缀素琴。
剑扫陡升日，旗卷海腾东。
人生离愁别苦挥手度，沧桑浮涌岁月却平庸。
不必想天崩地坼，不必想万载惊鸿。
古今风云多少事，暮须成雪笑谈中，朝见朱雀衔春来。
人生何必多愁苦，举杯对月共言欢。

古今事（二）

别离莫道天涯处，岁月挥尘又度冬。
旭日起落剪烛火，古时城阙今已空。
儿时笑随风。
非别日，即今日。
将军铁马今何在？
唯见共生辉。

古今事（三）

闲霄阶上青云殿，云浪淘尽功名臣。
萧萧挥草渡，去何处，悲离苦铸成人。
古事，今事。
古时风云今何在，
只恨朝暮送英雄别去。

西 行

西行万里,见惯春秋朝暮,见惯生死别离。
对影旭日何处走,踏破寒冰赶落阳。
万里积跬步,天涯卧作乡。
寻山千百寺,畔流竟通江。
多少春秋明月,多少花开随风。
想今朝,行遍千山万水登空去,取得真经证禅心。
百年富与贵,万世传功名。
到头来,化作黄尘扬云去,常醉辞人间。
八十妖魔几十年苦难,一处情关莫要道简单。
堪望眼,万载海浪亦排空。
仙人攀得仙人路,凡僧自走肉身门。
正所谓,泰山如芥子,匹夫却无能。
马上跨阶越凌霄之顶,布履艰难度众生解脱。
帝王看不得蓬莱凶险,怎造化乾坤之间。

敢问须弥不参道？
敢问菩提不修神？
鸿毛仍可明悟，宇宙依旧轮回。
愿——
天下净邪惑，人世永宁安。

山阁行

此间攀梢处,江春深水情。

风听溪流逐云去,月如往昔事。

独步越阶行。

噫吁嚱,行云如跨马,挥度千百年。

碧空逐浪天下变,明月晚夕墨朱连。

观春秋之变故,不道黄沙烟卷破,只看人间欢喜情。

大道浩茫九霄而去,去得人间之上,折戟还见丛生。

青山依旧,楼台静。仍见旧制,不过浊酒中。

剑断阴阳昏晓,朝暮旭日登空起,不入天涯处。

明月乘风到,无为江河事。

锋刃扫星辰,泉水依旧明。

几何变故谁曾料,如云风动。

人生别离竟相逢,笑言欢语尽杯中。

朝暮行人

人生不识路,茫茫无所顾。
行则难前进,晓去辞旧户。
不知天涯在何处,总想朝阳指步。
败下江山仍摆数,是非不辨蹒跚度。
江波去水集新墓,繁柳欢乐无数。
世间往复,春旭升起秋成暮。

明 辨

青山如旧路亭空,
水送桃花到江东。
功名几许分善恶,
浊酒饮得笑谈中。
夜观风云难凭目,
旭览枯树近春风。
白发挥写血如墨,
古今成败论英雄。

无 题

有口食金日，
无心辨是非。
面天无词悦，
心中寸光辉。
终由因果恨，
独有北邙堆。
欲走长生路，
言君短命悲。

观《纵横四海》有感

风起卷楼空,穷阳无末路。
四海一生天下志,半世膺抚纵横天。
长风横绝终古浪,回岩半壁远江山。
噫吁嚱!
问君何时还,还复长啸云水间。

明月乱

秋风吹叶影摇落,故人身旁过。

青丝寸寸,旧情漠漠。

一滴愁来无从说,

无奈,

只能强言,明月错。

忆张国荣

洒袖纵百年，
我境谁曾知。
今逢千里鹤，
逍遥别人间。

观《英雄本色》有感

夜渐萧萧下，人涛滚滚绝。
一望红霞晚，相视无故人。
我自孤独有三载，今宵不见旧月痕。
远方笙歌传不尽，幽幽荡诉痛离尘。
仍将情寄当年梦，争教当年还复真。
日思亲，夜思亲，
思亲难见亲，见亲泪面君。
未掌千百军，便长不得志，寸泪照寒心。
安肯拜萧曹，射马步白云。

明月向人来

明月向人来,
去者不自知。
隔窗高望月,
相顾一心痴。
夜生广寒梦,
罢蹴双袖湿。
长酣还复醒,
孤影弄轻枝。

前途漫

天上不留我，大笑乘风来。
千秋未能平此山，一剑横扫峨眉巅。
半轮空月凋朱颜，今朝欲问明天。
明天万古且安在，今日之去绝圣贤。
金樽空对千年，宴尽尘烟终案断。
江山不论兴亡，北邙秋草羞人世。
一朝名成高堂起，众子携生喜新颜。
间能容我发逸思，千里共向长酣处。
四海只游东，览目尽非同。
浪飞颓转万壑雷，云崩涌从碧霄外。
东方泄水来，抟江推月滚滚抑叹息。
不敢思，如何依，人依丹阙何难哉！
大道莽莽去，我自向何归？

夜雨有感

今夜逢幽雨,
又见女还魂。
路垂烟雨外,
空冷来时人。

冬 雪

寒芳凛冽未枯愁,
玉羽薄霜镀水流。
夜见银鳞扬万里,
直达碧月赴琼楼。

赠李友

功名白了仕人头,一身烟雨,
回首时,欲说还休。
人生能得几个秋,秋来江水流。
会须今日忘今日,莫待明月空说,
别了旧愁,又来新愁。

小人志

小人长高呼,欲语何难哉。
少笑世痴谈空梦,多恨今宵未敢言。
欲向扬风吐千金,难把穷山生新月。
潮升上,何以得乎天?
寸寸泥走,何故枉喜狂?

高云言

此间星辰攀梢处,江春盼得深水情。
风听溪水离年去,如今往事,
哪里秦楚哪时周。
噫吁嚱!
行云如快马,而今难面千百年。
碧空逐浪天下安,高云长在江山定。
观春秋之变故,无君王之合纵,
只人间生多情。
大道茫茫,去得人间上,
青山依旧,楼台尽。
高云言,高云言,高云所言谁曾知。
相离应恨少,云晚斜阳迟。

古今事

北邙无数荒丘,
云浪淘尽功名。
只教朝暮送英雄,
黄昏依旧影,
谁知纷纷变故。

黄 河

古浪逍遥天际来,
今日之日无古人。
举杯欲问兴亡事,
江山无情任客悲。
楚江难闻霸王歌,
明月迥鉴离骚赋。
凭君长判春秋事,
谁令风雨谁令晴。
回首不堪多往事,
才度昨日度今日。
生死几何不相留,
但教故人愁。
黄河本是仙河水,
只论万古流。

早 秋

叶也愁,人也愁,
绿叶长青人海流。
叹过昨日叹今日,
叹罢今日怎回头。
回头相见竟夏时,
叶更愁,人更愁。

青山下行有感

风定云起时,
化浪游海洲。
又处天秋季,
风冷泪干流。

春 雪

雪漫垂帘若霜吹,
半梢银落半梢灰。
欲行千里留何处,
不如烟雨作风飞。

忆别离

梢头又上几年春，
门前草色便扣门。
我谨凭心赠知己，
今朝以后得故人。

痴明日

雨留月半夜才昏,
万水千山不是春。
便是往来知恨少,
明朝一笑便成真。

无题(一)

一番烟雨披身过,
满腹愁肠不再愁。
回望来时欲所见,
幡然只剩旧途秋。

无题（二）

长啸忽而来，
大笑忽而去。
感时惊得三山惧，
欢舞东风任尔行。
天下何来万古愁，
明朝古月应不休。
振杯响地且自看，
席下弥酒何处流。

无题（三）

玉宇澄空碧，
浪卷腾云归。
星河千古秀，
日月永生辉。

无题（四）

碧草连三月，
风吹马上腾。
浑然发阴木，
闲述太玄经。

无题（五）

酒后零落几孤词，寞回首，独看斜阳去。

今朝风灌满楼春，何人知春趣？

只遗昨日语，又寒凄凉字。

无题（六）

白云不归天，
明月望断涯。
将行千里外，
寂水探白霞。

无题（七）

繁花今日好，
明日知多少。
独红随烟雨，
疏云徒了了。
莫听风雷动，
叠岵比昏晓。
往来应有恨，
尚及春日早。

无题（八）

清风拂袖漫重山，
回眸万象人斑斓。
到九天之际邀月，
去东海之源谈阳。
昨日琼楼霄阁，
今朝浪啸天涯。
人生自古多聚散，
但愿天下永平安。

观 云

青山云塞天门开,
一影红阳尽浪白。
前涛将送残明走,
后潮推夜碧影来。

观敕勒川草原有感

云霄下,莽莽高原。
白花白,黄花绿,
青山外,天高海阔,世外桃源。
长夜沾湿三寸草,
秋色更胜一尺春。
满面风凉高作看,
且论风雨论江山。
一点灵台一寸心。

春日杂感

雨未绝,路未绝,人踪灭。
抬望眼,欲穿积云览山巅。
茫茫四野,多少风云不曾过。
郁目沉颜一何怒,呼来风雨悠悠眠。
日已无光天幕堕,万古山河皆等闲。
怎奈平川不近人,千语不得一声鸣。
月未来,夜未来,自处冥冥一色清,
覆浪波去烟雨平。
忽觉春日倾时来,桃红百花白。
羞面仍掩色,仿如故人来。
闻父声,听母语,路彷徨,路且长。
终把人生行幻梦,莫问梦来及所何,
只叫一夜彻。
蝴蝶飞絮过流江,
化作前日一痕叹。

观大风

大风来,龙虎到,
风起北冥更幽处。
谒南海兮沉日涧,
时来兮黄沙路。
别兮千年后,
乘歇乎樛木。

夜来逢雪夜出所感

无心扰明月，明月未曾来。
欲歌一人曲，寒夜知此怀。
隆冬近岁末，一望才自知。
远殿零灯火，隔绝半世忧。
四顾身旁客，形影一孤人。
伤心复太息，争教我得志。
青山不可衰，安能失天势？
潜龙自弃鳞，青鸟无处归。
晓目红日盛，夜来静长眠。
欲涌心中言，独言漫天雪。
所言不依语，教人如何觉。
悲喜终因浅，还复长啸答。
一夜蜻蜓梦，来去半生飞。

黄土道尽桃源中歌

垂阳西山头,行人尚晓忧。
夜倒薄暮尽,泣下白云洲。
黄沙多曲折,一为百丈丘。
恍然为幽咽,飞仙坠酒楼。
乃知传笑歌,嘈杂弦捻揉。
鼓乐互相击,浑然羡风流。
折花遗所亲,与共销此愁。
步离火,乘烛色。
金樽秉,置壶旁。
横架万重梁,屏灯紫青光。
香炉转玉影,银河分轸张。
人间寡欢谑,此间乐何极。
老耄双挥刀,妪妇举银叉。
血溅寒,践头髑。
嗟其险如此,弃冕欲走出。
有道人无性,安能全手足。
或可避以身,何而绝猛虎?

夏日寒风

风卷残花闯高门,
但凭怒指断晴阴。
往来已是斜阳没,
一雨惊尽万里云。

秋日广游

冷风寒秋日，
深夜梦无多。
为何思百事，
独我不解脱。

无故愁

海洲一怀月,四部列古愁。
君不见终云之下分百国,一扫风雨天下合。
自古长烟惧干戈,三皇五帝今何在。
欲有叹,从何言。
蓬莱之顶绝神仙,三山抑止千龙去。
高阁门宽生海春,连峰回日拦青天。
今之愁,当以长笑进千杯。
明朝游时需乘鹤,凌空飙风会独行。

风无鸣

天下谁人咎,
纵马需高呼。
长鉴风夜吼,
回首无门出。

西阳楼

西阳去此楼,唯见楼空无所留。
去者随风追不得,花开花罢水旁收。
乘舟直上悬月挂,曲伴高歌立江头。
西阳楼,西阳楼。
楼高斯世不得见,六龙仰啸盘连愁。
长叹此处不见人,忽复瑶池未酣休。

夜思孟友偶得

莫使思空,相见笑谈中。
逸兴共许上高月,回罢前尘尽随风。
顾盼手足无相知,伫影孤旁添春红。
忘却美人多故人,谁言吾徒不长生。

松上雀

雀栖松上枝,
不食弃下土。
困毙笼中鸟,
安能折人辱。
长风扬青飙,
明月高万古。
皆谓天地宽,
何处容龙虎。

夜影共舞

此世多庸夫，
屈我不长乐。
云楼璎中酒，
须取直向月。
卧上青霄阁，
霓羽环衫结。
复踏流星去，
恣舞共影欢。

青台赋

春风随与酒,
一夜入潮眠。
水影回天路,
山风野旷原。
云宫江碧月,
霓斗玉金弦。
须会冥台鸟,
白凰万古翾。

题吴君翰宇者画上

形远千山近,
遥春是此归。
江风添水露,
更上日光垂。
恣燕双飞去,
晚舟独影回。
经别天地改,
应去路长随。
野犬逐车吠,
小儿踏骨灰。
黄风弓戟战,
《鹦鹉》唱同谁。

新秋赋

一雨霜寒剑,
北风始啸来。
丛枝高障月,
山谷耀光开。
飞转湍流下,
绝岩生耸怀。
乃知人莫进,
间有厉猿豺。
几欲仙峰上,
云生发顶白。
长酣诸客者,
杯酒散豪财。

从宫行

砅金流玉白日宫,二十八相列于前。
高呼倾尽杯中酒,松衣散发登天梯。
琼乐瑶阁极圣境,金星碧阙素芙蓉。
更上莲花凌鸿虚,大笑跌下紫冥台。
七曜连衣纳太清,挥袖长抱美人伴。
君不见古悲明月今与遥,
唯有仙人得长生。
身共三百五十朝,所道之道俱为一。
坐日下观鲸虹吸,步云须向石桥栈。
巉岭滞绝九阴息,东南之风吹不至。
吾徒今朝,只进千杯而不住。
高卧霄阶长不起,掷觚攘臂厌醋时。

行千里赴三清宴

玉壶击案碎,与随黄河游。

行时惊茫然,金殿碧亭秋。

一心访真人,饮酒登高楼。

连波山对影,酣作龙歌休。

高呼不得天人应,四顾还觉立众枯。

提剑斩我衣,凌步俱五洲。

踏履如青云,三光聚顶收。

感游归绥一夜如京

呼吐羲皇气,千圣功与名。
遥得重山去,云远恣孤形。
楼台清水月,静影散长明。
行如踏疾风,聚意炁合清。
金顶紫炉霞,上承七斗晴。
倜傥长叹君,不入碧庭宫。
觔壮才斗气,复使此樽空。
安能不得志,豗荡三百州。
仙人顾无暇,更取轩冕荣。
乐世皆掷欢,竟生伤心处。
丹阙四大帝,此城于万古。
中居有真人,小徒不以看。
空留黄河水,霓光舞春风。
纳吸尚不能,何来八荒栋。
振怀衣与袖,拔剑泪沾缨。
促高三尺木,半里是笙声。

古 风

玉音存于铁,辙斩铮铮鸣。
素霄排众位,持定一方平。
莫望以称霸,沙骨为战争。
朱门窗丈透,与示早春寒。
故水芙蓉色,琮结击玮环。
车马江山走,日月折天返。
太息古人时,不能随饮酒。
萦盘达至路,观者苦难守。
青鸟天上来,呼号唤尔友。
三月未斯行,大易天地境。
蓬鼎瀚瀛中,欲取无人径。
归来自不能,往而作何堪?
长驰中旷外,一去寻无处。
才登云梯半,坐当倚峨眉。
不视琼殿彩,故以今夜回。

明堂赋

尧皇舜禹堂，天星下干支。
平持千秋色，死而后人知。
飞上冥台宫，化坐立繁枝。
易改江山去，殿明广汲思。
持者空付文，简者用强词。
更无一人清，清徒两袖湿。
华宫弥月醉，径照千百嗣。
虽犹三百年，化土如何置。
长弓行射马，雕影飒疾驰。
旌旗黄凤飞，扬飙为一时。
一朝成天子，众亲喜新颜。
为长身后事，一将周礼次。
大兴儒尔文，黛墨同光紫。
天下一半生，俱为宣父子。
山随银河广，江折冲波直。
璎珎饮琉璃，金樽相交肆。
学为千载学，师者万古师。

难别言

从在此京住十年,
只意长风充万钱。
龙于千里云不歇,
山潜究古草木渊。
孑走流星投东海,
金梁玉鼎掷水边。
今朝消得记无愁,
与君更倾吐长言。
华裳锦紫霓宫带,
璃顶素饰白雪鞯。
俱身得意疾踏去,
琼浆驾梦落清莲。
一夜歌阑声曲罢,
无奈别在兴时别。

大青山

城北铸高山,
山山拦云鬟。
岂知冬来日,
风雪已满关。

新宫词

春宫花柳枝,夜夜以相思。
可怜佳人儿,憔悴折荣时。
折荣无所来,清冷梦来迟。
华发正年茂,银饰碧金宫。
钿尺盈盈挂,纤指牵红茸。
长束乌云摆,挽缚玗玠石。
一掬为三寸,玉笋轻裹云。
步砌凉阶上,罗袜不经尘。
回眸凝日紫,掩笑景色沉。
风挽白丝袖,雨留踏花屐。
更上高台去,好游新宫深。
深闺半掩户,浅栏出丛直。
画堂归晚树,回廊落月池。
丹梁琉璃舍,黛幕翡翠庭。
瞻斗坠云阁,映曜栖雁厅。
千舍托东风,直向崇鼎行。

拨视万雕金,欲窥丹颜阙。
绰若六龙光,隐约无限色。
伸眼笼半肩,住眮久相望。
不见擎玉白,犹思真龙貌。
久视见不得,枉叹蹴足息。
无奈下台去,累使汗酣离。
挑发消眉痒,回眸百花迷。
莲移轻入室,裙摆拂阶痕。
慵坐妆镜前,不闭朱木门。
寂寞弄酥手,无聊拭脂唇。
缓解银钿下,慢取珠钗脱。
宽束锦袍离,松领卸颈怀。
本为倾国姿,沉镜凝憔悴。
愁是凄苦滋,荷女不解味。
可怜芙蓉秀,辄采而未惜。
初意期君来,君来自不哀。

临窗孤影伫,凭栏独四顾。

四顾春秋老,一枝艳红枯。

终得凋零日,叹与菡萏述。

春来春水去,水流桃花逝。

自在生于野,逍遥处繁林。

莫许帝王将,空盈满园馨。

秉公骋

秉公骋，踏髑髅。
鸣器非绝于天山，死者尚挂烽火台。
草莽横尸旌旗倒，枯枝啸戾万壑哀。
大凶一为将军死，三百黄沙苦徘徊。
雷公怒之使訇然，电光砰转泣荒莱。
猩猩啼咽号厉罦，长蛇奔走隐草荄。
或则杀人以为乐，嗟其悲兮胡然哉。
素昭以下无生还，唯见断木栖哭鸦。
哭鸦伸颈如饮血，照鉴此年明月白。
明月徒白于一身，流血勿附玉金材。
麒麟与银鞍，晋客服钩湛。
长击搏壮士，王夫莫当关。
金樽持剑上，霜影照汤寒。
横置欲饮酒，北风避相干。
因烈生意气，千人无归还。

藏行遽挺出，赵襄为骇然。
乘霓而大笑，自去无阻拦。
其尸骨也销，卢铁未缺残。
服者尚为灵，居息瀚瀛山。
挂垂天上来，去野入平川。
长对城南事，城南专以战。
征战凭杀戮，是尔苦长叹。
悲伤不得已，遮掩结云幔。
终处楼阁上，白发弃情丹。

闻雨探月

苦发清悲冷寒霜,
时不见月问醴觞。
嫦娥应知几度转,
孤栖叹怨泪痕妆。
飞镜移形多少恨,
绿树成泣裂衣裳。
问其期兮告茫茫,
自知尚闻古人喤。
但见忽尔海上生,
以往乘歌对影狂。
汤液寡淡不可饮,
不如弃置取鱼肠。

我欲携之往蟾宫,
胡为今日偏不行?
西南号泣血满城,
持剑寒光照簪缨。
今夕无月随进酒,
且乱饮者身与情。
来日方取葛洪丹,
大笑隐居太白星。

老梦歌

忽觉一夜华发生,
玉镜桃花人面红。
可怜娇女闺中坐,
不晓桓堂几分情。
一夜惊觉初梦醒,
浓菲艳荣入阁中。
飘及翁所呼其起,
俶现长须红俱面。
兴唤三更发鸡鸣,
欢饮白星失其色。
美人长解宫衣帛,
划袜留香阶上行。
正际酣歌无所止,
忽复寝上卧僵人。
终其千金究是梦,
侪身仍是银饷臣。

旧宫想（一）

老宫深院锁窗春，
阁中女子娇煞人。
可怜君王为欢乐，
四顾不得枉敲门。

旧宫想（二）

绣扇难掩羞和眸，
却提轻灯上层楼。
玉户朱帘藏不住，
戚戚一向为解愁。

旧宫想（三）

白玉钏头绿罗裙，
抛花入水无处寻。
一遇风急将冰雨，
乱红零落泣孤云。

旧宫想（四）

瑶台池上不生花，
东风添入帝王家。
玉瓶露面犹凝雪，
伶伶出水遮丹瑕。

望荒山

马上东风过北川,汉水回萦瑶台悬日还。
望尽江去七斗送长帆,独留吾徒在此间。
千里太古绝迹峰,巉仰万丈不可攀。
欲驱鸾凤上青天,诸神列圣嗟此关。
金罍相击一笑空,举杯倾尽旧忧烦。
山顶万载累暹月,斯为蓬莱畏岁谗。
黄金白首使不得,豪筑酒楼为登看。
登极肆卧呼天人,有意长生三百年。
三百六十风和雨,往年乐境难再遇。
更倾邀我随影进,天下唯君是友朋。
茫然苦心顿足歌,大宫梦里玉锦衣。
若失今日生愈短,来往从飞南北雁。
服丹且弃乱情心,逐波远去淞水旋。
乘舟直上浮云山,道流去属太清莲。

白月吟

光耀白七星，折身发不得。
其芒锋如剑，洒照五岳灵。
中起有危楼，可以横接太古流。
太古不复光银汉，俱虚为水去不还。
楼高万丈登明月，凤笙歌舞浆琼玉樽传。
北风长息天门来，吐霜冲霄夜宫浊。
华灯百万更新市，山月相峙平嵯峨。
向南落入碧河波。
楼空衣薄独影寒，呼问白月所不得。
夕时友人为欢乐，千金一醉贤豪客。
驾车疾回且同吟，对言明月不识今。
昨日别者常能少，次日宴酣进饮多。
亦去为之哀不得，携壶独身叹驰孛。
楚王亭台早皆空，梁君阙殿又在何。
欲寻先杰道长远，大人应酌月下阁。

夜逢绪忆席上醉吟

俱往四万八千岁,昔时云中酒楼同宿醉。
一梦回转广汉天,月入水清溪江贵。
我欲伫身藐形姿,其形随我危。
相矗忽又复宴边,举袖三百黄金买珍筵。
大笑长生无有别,一忆去者昨日且服丹。
莫使蟾宫翠娥歌舞对空欢。
虽欲解衣行舟向霄途,却顾此间乐境无得还。
太息不纵明日愁,今朝散发继此酣。

还塞难

嗟尔倚胡天,游登三百川。
须骑培风鹤,仗走青崖间。
星居牛斗立,山在天门中。
或吁巉岩绝,仰面吐虹龙。
君乃万夫上,波涛岂可从。
一朝知蜉梦,弃冕欲长生。
广汉倾舟负,雨湿两山荣。
折栈扪石壁,白日连愁峰。
大道难为攀,显圣于干城。
未书天地礼,逐觅仙人踪。
仙人赠白莲,慷慨徂云京。
仇剑敌千英,椓鸣四域声。
丹墀玉,钹镞铮,北风号然兮地摧崩。
馔肴不使黄金买,倾樽更进三百杯。
服裘玉顶佩珊瑚,即驱龙马以升飞。
排列殿前贪礼圣,云乐京中无仳隤。

古风

豪客共往危楼上,取醉眠床酌金罍。
兴冲九霄蔑王侯,曲零星散维莫归。
长歌一梦不计生,不复醒矣终转回。
知此实为劳我身,服官从乐皆如是。
嗟尔蛰蛰兮,人交冷如冰,酒清寡甚水。
感怀恣欢乐,掩面双目迷。
向反盈天路,取径使茫然。
凭风而远视,望之以胁息。
愚于弥谑中,悲哀终不及。
屈居髑髅里,唯见马鸣急。
侧身东南望,飒旌引枭骑。
请执长戈去,直取戍戎狄。
不识隐圣贤,金门与别离。

次岁除夜作

莫惜樽空酒,行乐正须新。
长日不解饮,共饮向诸君。
逸兴壮我思,东风柳上归。
语贺今人喜,故岁呼来春。
仍游丹云阙,千里虽傍身。
去者不可留,枝发还复林。
尚无镐池璧,行走复长吟。

天青行

折径邈云疾走行，万古旸嵴风摧白云京。
千树残断百木倒，天上帆骥号山嚣。
垂岫藏萦流水峰，悬日中囚歇不得，
独步披发游，乱道为客忘身名。
危顶裔结玉华宫，玥镜冲虚太清形。
天行一途多岩峦，长阶相望下投星。
拟令隋生拦光耀，着剑鎏衣八荒明。
取水酣同古来仙，明朝得意抵万钱。

壬寅年除夕而感

春将逐人来,世者谁自知。
月访天涯客,寒霜落雪枝。
锦衣束长剑,倾酒向诸君。
前途难为观,千里做何寻。
今宵壮志飞,邀揽天下事。
朝思暮复雪,明日至兴去。
时而抚膺叹,泪下不由情。
会悲发今日,何处不存心。
身倦空冷影,美人不相伴。
难得以相聚,今宵莫停杯,
长醉迎红日。

怨女词

今欲共君席,未曾共君饮。
不知君由何,非揽妾同寝。
当初一何眷,愿为遮风凛。
扣月无门开,影遥泪沾巾。
馨香曾怀袖,犹把花枝弃。

秋日陪张谦及诸客宴酣全金楼怀梦感作

阴山有月奉太阿,当中求取杀人剑。
银光裂匣如流星,神行飒迈藏不现。
出门挥决古来天,长铗吐食胁飞电。
喷光窥度大明残,须骑天马游五岳。
天马背为龙翼骨,临睨九区踏金殿。
皇都騋跃惊处子,投光照络英僚宴。
四下皆为掷玉声,兴思白发愁妆面。
君不见胡楼憭栗云海间,六龙不过愁盘旋。
故尔为筑高台倾万钱。
高台绝气难为攀,仙人送我得归还。
轻身拂袍凌霄顶,不卧锦床倒三山。
垂烟挂石倚徂辉,去日勾折路茫然。
俯看莲花蹑虚步,恍恍邀之涉大川。
鸾凤绕行长翼展,夔牛吼厉溟水翻。

古 风

列缺崩石阤崖摧，连鼓咆栗苍鸟瞑。
天风吹卷拔草木，金车辚辚使訇然。
急湍瀑流砯白璧，峨眉扶亮遗世传。
羽驾登空九千仞，飙车灭影迟阳关。
采珠荣盛献佳作，尚有连城于此间。
丹液少，为不足，添酒嘈杂走儿徒。
竟陵少年直呼来，莫使诗人少开怀。
四座芳声盈帐殿，拍节逐歌散豪财。
梨园俏笑吴娇软，檐燕踯躅落翠钗。
径取玉壶与相倾，惜古时人一何哀。
阆宫琼阙亦如此，吁嗟其胡为乎嘈嘈兮哉！
应乘飘渺乐，为君吐快言。
昔闻瑶池集云乐，赐筵三百生霞烟。
西山童子逐黄鹤，宓妃玉珮抱罗绵。

裂素恃才书华貌，忘却此身是神仙。

弹琴邈曲结彩色，听者欢娱断沸弦。

松风凝艳成大雅，楚楚青浑绕绿泉。

我欲共饮覆瓢爵，今日不能在此间。

帝王楚宫为坟冢，公子射鹿已忘年。

感此劝尔一仰樽，无令后贤长咨嗟。

格律诗

将岁逢雪有感

千秋逢岁远,
大雪向人来。
无解庄周梦,
才生四始怀。

江 秋

江波漾荡际深秋，
败叶零花入水流。
但见云烟飘似雪，
空山傲立雁鸣愁。

喜 春

清风映月杏娇颜,
碧水潺潺细雨间。
可叹芳春能几许,
斜阳倒尽姹红嫣。

春　山

碧水清波漾，
苍松傲俯山。
孤云揽尽月，
自在翩蝶穿。

念 友

月半门推夜,
清空万里云。
河间花映草,
何日可逢君。

玄武湖所感

皓月轻梳柳，
连波漾水舲。
南桥花夜语，
碧水舞蝉鸣。

醉中秋

皓月滢如雪,
遥观一水秋。
何当花入夜,
醉饮笑风流。

闲 赋

落月池边宿,
清风入寺门。
林间一壶酒,
自饮数星辰。

南 山

浮舟伴水际无边，
落日夕山望仰间。
我自随风邀明月，
仍观春水星光前。

无题（一）

夕阳送尽路旁人，
落洒余晖映世尘。
莫恨雄心何少报，
独观北雀跨天门。

无题(二)

寒冬送雪似飞沙,
月伴春风到万家。
朝慕红梅芳遍野,
狂风舞落锦成花。

无题(三)

晴空万里云腾舞,
两隔相望路遥遥。
飞鸟衔欢迎天去,
东风送我到碧霄。

医 生

星灯似火满墙光，
壁映白衣汗落床。
疫病如冬春定到，
同观叶绿与花黄。

盼 友

寒天落屑未倾梅，
却道风光永不回。
万里青云飞天外，
谁知彼岸盼相归。

海 魄

秋波伴水荡轻舟,
碧海潮生入酒愁。
浪缚乾坤惊骇雨,
涛狂百世向天流。

梦里乡

黄河怒啸两山间,
万里云腾鹤化仙。
雨送晨花蝶舞梦,
朝阳又起见青烟。

长江水

长江浩浩尽腾空,
浪赴九霄震怒龙。
万载何当惧匪寇,
如今依旧展神通。
八方汇友同敌恶,
万手凝墙抵朔风。
浊酒饮尽千百恨,
邪魔杂垢转头空。

唐 僧

明月落栖松上影,
枯枝断水寺门鸣。
灯洁火暗禅心静,
影墨光幽跨马行。

梅(一)

狂风挥雪卷初春,
落木托梅芳满门。
肌骨芳容寒中立,
古今傲挺血成魂。

梅(二)

寒霜摧户见独梅,
傲立余冬未挫垂。
待到东风红紫事,
余香何处尽纷飞。

夕 阳

春江日暮水常深,
残阳似故愁世人。
望挽余晖留旧影,
今朝已渡晚夕人。

痴明日

雨留月半夜才昏,
万水千山不是春。
便是往来知恨少,
明朝一笑复成真。

急 雨

风欲发雨天欲哭,
低阳温柳乱枝疏。
西霞寂寞生潮海,
白云扑面蔽日出。

观云有感

寂月南山外,
箫声引入门。
蓝波遥碧海,
把酒醉昏沉。

清明杂感

野路四天星,
江平舟木回。
草青风自冷,
才窥暗梅飞。

清明夜行

白鹤向期行,
云乌不敢鸣。
幽天凝窃笑,
子夜无人行。

中秋上层楼

明月分山海,
梦长鉴迥尘。
遥遥天上饮,
寂寂离别人。

出月新雨

此雨知我意,
一扫天地春。
东风添酒露,
云汉素霓新。

向东风

东风不话悲,
径使入罗帷。
日向西山倒,
黄沙作骨灰。

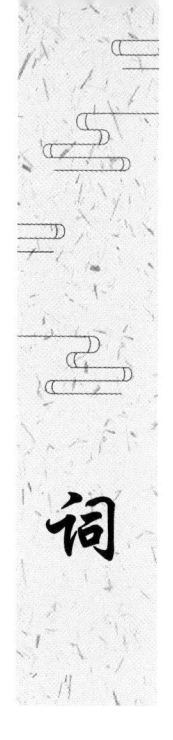

词

秋蕊香

春　风

　　江水澄空碧。柳木舞风随戏。多情霜语云如意。百草托花清丽。月辉劝尽杯中寂。流烟气。千年百载更天地。遥看天河踪迹。

渔家傲
时 光

枯木凝光霜陨落。浅风吹散,寒冬朔。日落残辉非寂寞。何处堕。泪能换到昔时鹤。

排影递来云怒喝。呼阳起落,安得乐。岁月改平班兀仄。番骨彻。青丝白发观福祸。

定风波
战　疫

百世功名尽作空，疫魔伴雪到隆冬。跨马难行千里路，辞户，凭君挥血泪当中。

自古寇敌何可惧，谈叙，红旗卷尽垢随风。天下变更谁敢料，长笑，千重万苦辨吉凶。

定风波

　　谁惧长风鉴海洲，一怀烟雨定春秋。烽火已随秋夜起，声寂，曾经铁马斗诸侯。

　　又是人离空酒后，谁咎，长呼何事更难求。回首春风依旧处，前路，唯留江水楚人愁。

满江红
千　秋

万载惊鸿,多少事、烟云帆墨。山浮绿、浪涛腾尽,人生福祸。逝水挥行多少恨,祥云卷去寒风朔。见苍天、带去旧山河,年将过。

乾坤变,千古浩。天涯处,沧海啸。旭日登天起,从青霄照。我见天河东向止,酒中揽尽凭空倒。想人生、贫富自生辉,千秋耀。

清玉案（一）

（整日蔽云，不见光景，望前尘时日，有感而作）

  灯回小院笙歌静，早亭晚冬初影。寂寞凭栏人未醒。坐时难定，寝时难定。一点风流性。
  前尘过梦今朝夜，忆向当时恨不见。只有往回枯老叶。语来无限，泪来无限。又叫湿人面。

青玉案（二）

最难不过人间苦，夜不寐、心头堵。不敢别离人凄楚。已而愁泪，琐窗朱户，强笑添新注。

人间没个安排处，好叫一双赏云暮。自古春花开几度。杏林深里别灯路，知是情难述。

恋情深

漠漠秋风沾怀袖,醉红楼后。琉璃满地无心欢,泪滴穿。

草枯阁乐夜无端,月照绸巾干。阙暂引、樱桃破、恨时难。

钗头凤

秋风走,黄花丑,酒空昨夜人依旧。回首处,南山路。曾经依依,唯留夕暮。故、故、故。

悲伤柳,而今瘦,梦中常觅红酥手。何方住,无从渡。长情仍在,难托朱户。慕、慕、慕。

清平乐（一）

冬风驱醉，忆往当年汇。路远同风哭无泪，欲悔从何而悔。

轻歌漫转朱帘，寸寸青丝愁年。回首遥依明月，依稀君又人间。

清平乐（二）

千愁乱发，终梦还曾夏。来去故人皆成画，日月仍然上下。

旧情未忘浓茶，且行冬夏归家。待凤鸣声，依借相见后亭花。

如梦令

曾是晚来同梦,何故秋风留痛。又忆故人颜,相望无人相送。别送,别送,斜雨扶眉沉重。

惜奴娇

今夜难眠，望明月、无言语。转阶前、相思旧曲。本欲挑红，把灯歇、谈春趣。人去。过往事，愁离苦绪。

相望相思两相悦，无人许。今之后、便无明日。岁岁花开，多少个、断肠字。争使往后西风夜雨。

恋情深

月扰秋风惊花痛,净思春梦。嫣然转目呼东风,恋情浓。

何将花面比君容,明月栖水中。若可取、相厮守、寂成空。

沁园春

　　云转东风,烛日半来,雨断桥头。回首春光尽,曾经初柳;莫听打叶,红绿遮楼。前路何穷,矮丛掩道,犹是扑鼻草气留。将行处,且凭莺无语,前径难求。

　　初笛弄水难收,波澜起,山河滚滚流。万载同明月,可惜过往,今时圆满,旧日成身。欲饮天河,便携辰子,归去当初宴相侯。才惊醒,忆向孤残梦,又是新愁。

人月圆
似水流年

春归不见莺啼处,独望月明家。满怀倦语,无言留住,落水中花。

恍然已是,烟波重遇,貌改须发。仍逢酒后,流年成梦,人在天涯。

菩萨蛮
新　雪

　　寒山漠漠隔霜色,教人不晓春风过。雪打丈杆楼,无愁言有愁。

　　还将低眉皱,缱绻来相就。只其本风流,欲留难挽留。

绮罗香

雨却难留,凄花烟柳,冷月偷妆新黛。寻向东风,传语自楼阁外。只难言、蝶宿雕栏,醉泥红、榭亭长待。欲挑灯,还蹴将嗔,钿头嗅罢玉簪窄。

茫茫空院急路,犹饮愁思织断,只消空酒。弦换杂珠,帛裂又惊深宿。此番是、红豆新携,投无处、乱敲琴首。想为君、重画新眉,取枝折桂瘦。

梧桐影
敌　疫

　　黄鹤楼，同敌疫。今日万人齐抵魔，行医正气冲天地。

柘枝引

出征万里既冲锋。血泪尽英雄。黄鹤楼台静,白衣斩病疫随风。

如梦令

秋满月明前后,霜雪向来似旧。病悴绿红妆,长夜梦中红豆。人瘦,人瘦,归去莫堪人瘦。

谒金门
对红花

独相对,漪影琉平贪醉。恼促万点璃珠碎,却把新红啐。

总是乱丝织缀,雨障妆痕怨悔。春瘦依怜容面悴,触目桃花泪。

如梦令

不信暖风堪度,独望桥头阙处。复到孟春时,翻雨作弦无数。忍顾,忍顾,争胜白头凄苦。

春晓曲
杂　念

西风隐月垂烟柳,夜浸花芳几宿。笑观天下为何凄,只道淡云如恨酒。

小说

蛇僵尸

刘解,西山野人。好杂言稗史。尝于跬山会友人,见树高风清,水潆鸟悦,天遥云阔,百木生发,麋猿呼号其间。大喜曰:"噫,春发之际,万芳争泽,林清叠茂,人情开涤也。何不登高而远望乎?"

许,遂同行。解以一诗记此:"春日泄煦风,万木喜发生。须向更高处,长呼且慢行。"居无何,已至半山,解与友栖于板石。友觉股间忽痛,难当其恶,顾之,噬皮肉者蛇三寸,乃驱之。解尝识于书,言此类头腹皆青者,必死之谶也,以唾解之。于是如此,友不出半顷即殁。

解惊俱,负尸而下。涉一兰若,无人,遂榻其间,置尸于墙首。

暮,解乏困,正欲寝,见尸额发须白,面渐下瘦,牙出其唇,十指曲变,颈下泛黑。惧之,袭身作看。尸暴起,伸臂扑之。解奔出,尸驰从之。及郊,四顾而无人,俄而飘瞥,林岫皓然。书之谓曰:"四月飞雪,不可裹焉,当拜苍皇。至若转雷,忌奔走,弗如是,必死矣。"

然后雷声厉斥。解欲止,然尸走而不穷,故不住。鸣声更甚,尸发哮,顿立,孰视之,已而中雷倒矣,俄顷而声歇。

王 渊

　　王渊，晋中人也，年幼失恃。尝驾车至涧河。河于晋北，风清树俊，水韵叠林，竹从蒿伍，茂叶专群。翠微俨然，鸟鸣鱼跃，绿上石痕，略无人迹。既至，渊扶轼下，见此而叹曰："噫！人间安得此地。想吾之平生，尽付文笔，曾不齿于上名，枉存半世。而今一阅，甚痛哉！久居晋中，不会此境。"复蹑行其间。

　　及西阳归山，渊敛衣欲行。将登舆，忽觉水光波腾，若隐金珠。渊大惊，乃临河观之，恍如珍宝。为被锦鳞之鲤，辉光生泽，更无出其右者，非同般比。渊大喜，攘臂于怀，欣然曰："今吾之幸也。饮秀餐景，又得此鱼，果非凡也。"遂起，掸衣而行，即涛涌飞挢，弥珠四射。渊骇，弃鱼而跌伏石上。有破水而出者，银甲云须，四爪飞扬，虎目熊睛，盘上霄天，乃灵河之龙也。逾时，化而为人，生双角，瞳含雷，鼻蕴电，被锦袍，顶金冠，履云鞋，袖藏春意，袍底发荣。至渊前，徐曰："吾乃涧河龙王，汝乃何人，捉我义子，扰此清闲？"渊叩首而拜："某为晋中人也，行及此地，仰令郎之荣光，无意叨扰，望莫怪罪。"又曰："尔等触我龙身，当以一死。"渊即叩曰："今无意而为，期不至此，望蒙高恩，求免一死。"龙王颔首而惟之。未几，笑曰："免死之法，确有其一。乃永居河中，奉侍鱼属，职为堂前。"渊曰："承上之光，从君之后，某所求也。"由是则赐避水乌丹，俱潜而下。

下行千丈，便得一殿，暗香轻飘，玉箫声动，仙乐悠扬，波起紫虹。楼阁亭台溢彩，祥光普照似宣。琉璃晶宫体，百丈斑斓门。虾执长角戈，蟹掌方天戟，列排三百丁，四里无水鬼。渊与一鲤使共拓门而入，远亭近宇，众阁叠楼，琼阙煌顶，海路广宽，交错无数，珊瑚成林，水草丛茂。鱼子鱼孙，或歌或舞，或谈或饮，红裳绿服，祥照如昼，波动琴声。穿其街，见幢生神象，柱雕盘龙，玉瓦玉阶，椽浮瑞色，螭吻上檐头，水波荡明墙，一览尽华形，屋隐更深处，此龙王府也。入视其间，藻莲蓉藤，檀案墩椅，黑松长柜，古轴今卷，异宝绝珍。琳琅瓶珠罐，满目金银杯。御液传香上，仙果透明光。笔落动风雨，砚施满天云。园中百般色，仙池永呈春。此处非为人间景，不胜天上胜凡宫。

渊不敢言，复随使行，穿廊过栋，转千百房，至于其一。使曰:"此乃尔之居处,明日酉时至堂前赴命。"即去。渊入而视之,虽不及王寝,亦以丽靓,宽而慰居。

翌日酉时,渊至堂前,使之侍王于左右,奉笔墨。渊是行也,逾一十九载,谨细凭心,日夜侍之,广言博面,取其所好,赢龙王爱识,与之交好。

一日,龙王使之于密房,至,取一玉壶于案。渊观之,王曰:"此丹也,为太上道德天尊所为,毕,以示天帝。一十六载前,天帝怀之出,落失涧中,吾出所觅之。于时不敢以用,恐新成之物,灵气未散而惊天人,上知下罪,故私之。今过三十五载,尚需一载。夫所谓周天三十六数,此一千八百七十七周天,服此可以不老。今你我益交,吾欲与一也。"遽收之。王又曰:"莫示于他人也。"渊拜曰:"王之大恩,渊无以得报,何敢乱言。"

又三日,渊与二三吏饮,至兴,各述其身。其一曰:"吾生于涧河,儿时好逸游,不通文字。成,幸遇大王,任我武职,现寓人体,得半长生。"又一曰:"且听吾言。吾自幼好学,从道德,早成人形,自荐于府上,职官半吏。"再一曰:"吾乃鲑将之子,而今承负,多有所然。"又曰:"王渊乃吾等之至幸也,蒙上之重。"渊停箸而曰:"本是土上尘,无意河中老。"答曰:"可怜君非得道,难以长生,空付造化。殊我等,虽为鳞类而沿生。"渊掷杯而起，曰："尔等鱼属，至死为愚。吾之得者，上腹心也。况上今得长生，安能弃我？"众曰："请言其详。"渊曰："向得一宝，乃天帝之丹。言可以长生，相与其一于我。"众疑不敢言。饮罢，各自归舍。

渊忆其所言，自知僭言，辞以抱恙，整日居于室中。翌年，龙王使之，果予其丹。服罢身轻思飞，渊叩谢而去。

夜得梦，伏于高台，班列精军，赤面束发，甲放精光，执长锋戟。有龙于此，四蹄箍束，颈缚长链，银鳞挂血。忽闻有言，其声如雷，谓曰："王渊，此涧河龙王果行盗乎？"渊四顾寻声而不得，忌王之恼恨，答曰："未曾。"又曰："请言其实。若有私，以实之，减汝母之业，升阿鼻狱，得涅磐度也。"渊度其母甚幼之，今众军肃肃，疑而不定。复曰："请以言，莫相私。"因曰："是此也，涧河龙私压小人，不归吾，实为是也。"曰："汝尝从之乎？"答曰："未曾。"曰："今以王渊之供，之孽属实也。且遣其回。"渊觉坠降，忽而复醒，闻府中丧。出而视之，见有鱼女向行，问之所事，乃龙王断首而亡于榻。渊心惊，就中繁乱，出于后殿，有二三士执械而阻之，曰："欲之何处？况汝贼王乎？"渊急，四顾，见有奇石，擎之而投，毙其一，夺器而斫其二，其余见此，弃刃而走。渊毕力抟水，及岸，傍木而依之，使攀上，屈身于堤土。渊叹曰："人生无常尔，况乎所谓生者于假于真。"忽闻远镳，逐之，乃行途之马也。渊与共行，驶至晋中。

未几，渊仕顺途，做西河郡。专于履职，绥强以德，抚弱以仁，恣之其安，纵之其司，百姓皆信之。渊好饮，尝与二三人谈，触及天子，同坐皆以为惧而渊论之无住。后闻于天子之耳，天子怒，降旨斩之。

梦 鬼

蜀中孟常贵,家贫,无从致书,故计以伐薪。束发而业,已至花甲,作于山间。贵恶交,幸所益者一,东山包姓也。始龀而识,俱家贫,义结数年。贵好饮,包多与酒食。

尝与包翁饮,既旦而散,乃踏雪而回,各归其舍。贵乏困,就榻而眠。蒙眬间,至于亭中,见风清树俊,亭下有花之红白,云上施而未散,蔽夜月而无见。贵甚奇,忽闻人声于外,乃拓门而视。有叟伫于街,身青布,执木杖,佩素巾,缓曰:"某乃布贾,贱息轻知府而贼之。今不知其行矣。传于上者,使吏缉某,以此之见,某定戕受也。现求大人相救。"言罢拜叩。贵急引之,曰:"今既见此,必当一救,且请入。"遂入,紧闭其户。俄顷,果闻铿锵,火光参天,半刻而远。贵饲以藜粥,叟对床而曰:"某罪甚矣,君何故施救?今受此恩,后有所求,定以报。"

答曰:"本无他意,君有难,当相助。"叟哈哈然,取青玉与之，曰："如此，某今未备答礼。某以君舍之陈乏，且至乌由河，河生独树，持此玉，临而诵'讶噫参'当有所得。"言罢袭身逾墙而去。贵欲呼不得，正将逐之，复促醒，见怀黑玉，窃意为鬼。朝阳初升，思其所言，即往乌由河。至，环树而观，俱如其言。渐觉土石上隆，俯而窥之，有金锭于洞中。贵大喜，取之回。当置新户，聘车马，改长衣，养二十仆，纳商队土丁、妻妾四房，户之内外，更无外人。

一日假寐，贵复梦之，笑而谢曰："感君之贻，当以何报？"曰："君可善乎？"答曰："善。"又曰："于人者何？"曰："善也。"笑曰："君之言善，于吾如此，于友如何？"贵惭，忖久，未与交矣。曰："不知君为何处仙人？"曰："吾本蜀中人，因私于友人，故贼之，隐金玉于树下，恨得斩首，化而为鬼。见君与包君交切，借梦以然，君为人重义，故赠以斯物。"言毕离去。

及醒，贵恍然。备银、馔，间以锦帛于斯处。于时而往，贵常以酒食宴包翁。

人化兽

　　清安丘马华巡抚山东时,人和政景,大兴水利,交通不绝。华喜奇兽,专置亭舍而食。其类百种,狮狼虎狈,略无穷者。每案牍后,独往兽亭,不思食饭。府中亲眷俱厌于此。

　　一夜晚归,闲之亭中,见属类玄黄,皆伏首蜷卧。华怪之,忽闻远廊籁籁,急掌灯而探。闻声渐远,华逐之,呼叱而不见。华叹曰:"怪哉,莫为鬼乎?"滞少顷以详兽态,窃以为疾。将欲寝,闻众兽狂噪。跣足而往,有形焉。熟视之,乃人形之兽,四蹄峥嵘,青面暴齿,密鬒遮目,躬立而哑。华骇极,跌倾仰足,服裙湿溲,口塞窍迷。面之咫尺,使灯击其颊,燔其半腮。兽抓面撕颈,痛号如人声,状怖。华蹩,厥死。既醒,华手足颠抖,竟不能言。待其可矣,方论及此事。左右曰:"小人知安丘黄皿山有得道之人,通法术,其善也。"华遣请之。不得,独访之。华述与之,谓曰:"世有人化兽。生而为残、茕、孤、独者,欲以延生,炼身为兽也,食人心脾。君之所见，是为此也。"华曰："依君所言，某当死矣，然生当如何？"曰："此者惧光，使火攻之，定以退。"华曰："不知可有道？苟不利于我，以克之未发，可乎？"曰："是此也，夜而为兽，昼而为人。既为人者，必可迹之。"华曰："请言其详。"曰："且取木盘俎肉。"备足，使于盘上。毕，俯首曰："市门之西有户焉，共爨而食。其中弁服者，兽也。"华窃意："是为流之聚也，何有弁者？"遂谢以礼金，辞之而去。

  遣吏往，使捕之，不可知其名。押至府中，免其衣，华曰："汝化兽伤人，况服僭上，以死之。"叩答曰："某本途战争，携亲流此，未曾伤人。至于衣服，本然也。望以明，何诬于我？"华怒曰："奚自？可怍王乎？"曰："自福州天兴府。"华惧之，念克明之久矣，尚不知存其后。左右斥曰："可有疾乎？"对曰："某自幼亡父，束发亡母，上无兄长，下无儿妻。天生四指，更无他疾。"华心惊，即斩之。

  不日，往市西，竟无一人也。

罴鹿

蛊山以北两千里,多林蔽。有兽焉,其状如生角之罴,乌身白额,立而三丈,鸣如夜鸦,名曰罴鹿。古有李生,于此取柴。闻厉号,寻迹而去,见有黑兽,屏息而回。述此与亲,遂领八人,执谷叉而前。果见其憩,即刺之。其兽狞目,徐呼怪雾,皆无所视。既开明,已无迹矣。归,言及此事,众以为奇。后人多觅之而不见,故以为笑尔。

蛇 精

贺万石,东平人也,尚堪舆。有寺去居八里,其中有一道人,法名道林。石日诣之,辩解清谈。道林理至,莫能折。石与之辩,纵读广义,如小屈,恨而归。

适逢春,石欲往寺中。至二三里,左右观之,匪向途也。又行二里,有木横阻于途,有女容颜清丽,伏于其上。石欲扶之,见其昏厥,饮以清水。俄而醒,见石大惊,放声而呼。石即以致言:"吾乃东平中人,逢汝于途,由善而救,无他非意。不知汝因何于此?"女蹙眉笑曰:"感君之恩。我亦自东平。家君贪奢,无以计活,乃鬻身委人。我于夜逾出,不期还家,奔走无处,适逢烈风摧林折木,猝而昏迷。吾之苦甚,幸有大人济我于难。"石久思而曰:"汝莫恼愁。既有困,请临陋舍。"女允之,遂使于马上。行有半刻,忽觉肩颈有物,甚冷寒,促视之,乃女之五指也。石拂之,斥曰:"请自持。"复行半刻,附环搂之。怒,引之马下。女痛呼,啮其足踝。石愤而蹴之。将欲责,竟扑之,龇齿裂唇,伸爪探腹。石遽以拳戗面,其形滞而身倒,化为白蛇,匿踪而去。

石返于家中。视其伤,乌血为出,有瘀胫中,但觉僵劲。石心惊,至医处问疾。医人以为毒,敷以硫黄。又二日,无果而益劣。石惧,往道林处。至,述以因由,道林曰:"君之所见,乃山中蛇精,本无能也,范于虎狼之怪,故林深而居不得。出则害人以色,摄其灵血,毙其以毒。毒漫其身,五日方死。故此诸物难疗,当饮千年山参粉。"石涕曰:"请君相助。"道林曰:"千年山参多生于东平山顶,有树精藤怪。若尔独往,定不可得。念你我之交,吾同汝去。"日中而发,日暮及之。多生繁蔚,尽便柳松。有亭布华,中施交椅,坐一倪翁,青衣玉冠,白发白眉。道林礼曰:"山仙安否?今有贺氏万石者,为善于人,不期是怪,事毒无功,今欲以仙参,万望予之。"石亦礼之。翁笑曰:"可矣。但有所求。"道林曰:"请言,当守之。"曰:"依钱置之,且五万钱香奉上。"石苦曰:"某中不足,况今税后赋重,更无藏多,望君通便。"翁曰:"何不与巡抚令司乎?"石曰:"虽贵为上官,吾徒不曾相面,无以计求。"翁曰:"汝言是也。然伐薪扩业者,减我气息,更有可礼者乎?"遂鼓袖风而迷之。

既醒,卧于寺中。日上梢头,计四日而罔。石悲极泣号。攘裙而视,瘀至股下。未几,于道林处得一斧,以断其髀,血溅石上,切牙堕齿,险失一命,幸而存还。

娶 鬼

刘生，山东人也。尝寒窗苦读。一夜习晚，正将寝，闻窗外声，往之，见有女坐于阶墀，掩面而泣。刘曰："汝何泣也？"女曰："父母易我身，不欲以从之。夜自闺中出，未期途已失。路长道且茫，悲使怀中痴。无意哭君处，望君莫怪此。"刘生见其偲丽，心生恻隐，曰："君既无所歇，当可栖陋处。"女久虑，忸怩曰："望莫添劳。"刘生笑而引之，自榻于席，女息于内室。刘夜中难眠，思忖不断，叹曰："春归倦树眠归月。"但闻内曰："人凭寡曲花凭风。"刘喜。翌日与其作诗赋对，共和相鸣，久不以别，渐生情意。夜中绸缪，刘觉其肢寒，女谓其自幼身孱，故染寒气。竟二年，二人日渐情浓，许以婚事。

一夜共话，忽闻户外铮声，急视之，乃二列役兵破门而入，将上中堂。刘生出而阻之，曰："汝等官役，何故夺我良民之宅？"其一言曰："我等乃此城隍阴兵，此女鬼居阳间久矣，今当缉之。"径往舍屋。刘生拜而曰：

"众将军可否宽之?"众杂议,或曰:"可也,然我此行不以空归。弗然,则城隍责之。应以何报上?"刘曰:"诸位暂歇,待某且备檀香,敬重以礼。且请另捕鬼属以之。"即与之。未几,众作别,荡风而去。女曰:"婢误耽饮,故为女鬼,是为卜卦而死于父兄。念卿之德,故登宅相见,望成欢水。本欲相瞒,望刘君莫怪。知是鬼类,于时即辞。"刘挽之曰:"卿何不早言,今方知晓。既尝许卿,亦当媒娶,何有人鬼之别?"

吾闻之于他口,感而言:古有尾生抱柱,又知刘生娶鬼,然今未有斯忠贞之士也。戏以相濡,不比鬼类。

郑 广

陕之郑广者,精略论,修人道,已得通晓;堪舆汇算,百里闻名,冠以半仙。夜得一梦,有罴怪,高三丈,礼曰:"某乃紫柏山之王也。御此时多,为势统方。是以匪亲,起变于内。不以信也,属而不发,亦觉无力回天矣。知仙人通卜,更名略,万望指点。"广曰:"大王有难,吾当毕资也,且言其详。"罴曰:"某据岭为城,归山为疆,有百里之域。秦域之内,独尊于我,唯东太白山有於菟、白猊二王。以腹为都,及南富禄,水绕碧树,林丰韵美,唪唪莺啼,绥风景丽。有田亩桑竹,多鹿獐羚畜,兔鸠鸡野,金石丰玉,俱产于此。以北峰锐岫深,壁险岩高,木发枝茂而上蔽,翠墨盎然,望之,满目幽邃。此十八洞妖王之府地,为我手足也。夜扰仙人,是以朝中鹰司空属,鼠右权臣,乘亲众而方半朝,故有命而无奉矣。司空仗其为谓,闻其阴连阳合。北乃右臣之梓里,民无不从也。微此然,何以得政也,恐易号改朝。望仙人相助。"广闻之笑曰:"盖命由天定,非人力可改。

今北众部未明上，因利不和，疑王之测，忌有疏意，非敢昵近，故士多而友少，孤君而无凭。南有司空谍窥，又以鼠臣之好，故此也。吾未时浅卜一二，知此司空于四日后举叛胁君，强封之。成，与国分爨。吾且述术与君。"

翌日，罴宴诸臣列部。于时携一狐女，玉笋纤纤，金莲窄窄，摇裙细服，酥胸金钮，头饰明珠，锁佩柳颈，面粉花露，口若樱桃，随于罴侧。此殿也，琼香玉炉，檀霭吞吐，毯铺彩结，光滚琉璃，金边彩桌，花红玻盆，上陈猩唇鹿茸、鲜肝猴脑、鸭肠马心、珠果晶萄，珍馐百味，此精怪之豪飧也。罴曰："诸位乃朕之心腹，今与众共饮，实为乐也，且进。"言罢而饮，余臣附之。主次酣醉，欢愉一何盛。毕，皆以酩酊，礼后散乱而归。罴召右臣于前，引狐女曰："鼠卿，此朕之义女，卿之乐理，中以仰慕，清欲授之。"鼠躬曰："大王当从国师，臣何敢当此。"罴曰："卿之才，孰师过之？"即引于书厢，置长琴，取胡椅。罴曰："朕欲赏卿之高雅，然堂中多政，不容久滞，故而先行。"及别而去。

三日正午，罴乏，遣仆下，独于堂中。疲而不耐，将小憩，司空径入而不拜，曰："大王安否？今小人有请，见诸南地无礼无术，尚需教管，故求执王之诣，绥民以德，昌我华邦，万望莫辞。"罴笑曰："卿慰甚，当封以公侯。"乃亲笔诏，又许狐女与鹰共去。

夜，右臣至厢中以授乐，然与去时相远而不得，急步至处居。不得，质吏曰："公主何而不至？且速传之。"吏拜而曰："公主素钦司空之见，今共于南方也。"鼠不晓全，闻此愤恼，日日消靡，暗妒于怀，运篡营奸，间遏贼于此。

五月，鹰侯索其亲卒千余，罴俱予之。又二月，迁都北，络于部众，十七族益善如故。及次年，侯果自立。然内中宦乱，下心各异，苦无矩论。急操兵来犯，轼而曰："诗言：'肃肃兔罝，椓之丁丁。'今之兵者，非以麀也，行猎也。"罴以和谈，弗成，故战，十七洞辅之，利势难当。右臣见此而禀曰："鹰侯本以为我腹，何以自斫其腹邪？"罴度而欷："是此也。依卿之言，岂能自害。"遂告之于属，众军皆颓，四溃而走，寇已逐至去都三里处。

郑广为罴合从，梦说於菟曰："太白峥嵘雍饶，举颈而望也，此所谓垒也。太白地方，甲者千万，车匹百乘，以戈抢地，殷然兮如雷电，动如风雨。即有役，不过三擂而克之。中腹一万户，车毂相击，无以不富实者。君国之邻罴王，尚以敬重。然其司空强为诸侯，自立为储，揭兵三万，欲王秦岭。广素闻上志高而扬，然贼登高而曰'肃肃兔罝，椓之丁丁'者，其奚为谓上乎？如西南而避之，窃为王羞之！"於菟愤极，欲言而醒，使左右实之，俱为其所言。即命役，欲克之。

夜，罴复梦广，未述而广曰："夫兵者，乃凶器也，然不得以而用之。古有言曰，好战必亡，亡战必危。今虏等猖暴，亡民如毛，肆兴战恶，当以战止战，以武止戈。弗如，则剧死也。安能以万生易车仃！"罴恨曰："某失策矣，此果竟乎。"广怡曰："斯未定时，自有相救。"化烟而去。

既醒，闻寇至城下，登陴而望，见鹰侯驾于万军中。于时风起，云聚寒乌，雷鸣电呵，化剑下劈，斩敌无数。罴大喜，于南叩首，心虔恭天。又闻东方有金戗鸣，是於菟也，剿而无余。即罢，二军峙于城，广托风而言："兵者不详，慎所嘱者。"遂相礼而去。

归，罴大怒，擒右臣而斩之。

汉中某生，建冢，寻郑广观之，空觅三载而不见。

伶 琴

至德元年，国不足，安史乱，攻睢阳，使十八万军而不克。遂溃，逆匪四逃，于途淫恶。

刘赟，亳人也。少时入京求学，逢叛。已而春，经辙辗转，终乘车进乡。

既入郡，恐遇盗贼，缓以车马，拾径而行。环身四顾，烽烟障日，黄沙肆扬，天无青光。鸦栖老槐，狼潜折杨，藁蒿没路，莺榛拱舆，蓬荆泊陌，辙急印杂，弓曲戟锈，鼠尸埋首，尽显苍楚。赟触景自伤，叹曰："应是当朝之战，或以避，或以喏，与明皇之懦，图和而由也。今横尸百万，血染流民，方知以兵徒飧食众也。唯见凄村荒驿，阻途败栈。"复行三日，有覆乘，往视之，见三柜并陈。其二已坏，唯匪盗琛。一被尘，朽而未损，以袖去泥，启之，置漆琴四尺，乌面朱徽，素额亮龈，玲珑比人。赟喜，抱琴而去。夜行劳顿，赟无处所，寻行，幸存荒庙一舍立于荆榛中，枯柯蔽墙，横条驳影，辍露柷敔。直驱，四围叠翠，隐盖风月，傍从明涧，央击泠泠,声似箜鸣。花萎草葱,菖兴蒡昶,援阶无碍。扃凭锁束,墙砌石土,焦檐砾瓦,杂墀兀坎。透牖内视,梁垂椽摧,镜碎烛倒,帘裂缟纠,供桌一空,位无尊处,四结尘网,西墙圮半,铮传水声。赟安置车马,取斧斫锁,轻启木扉,箧袱释案,藉菟为榻。念春夜寂发,遂斟酒而悒酌。感身乏,取琴缓奏,声发绵绵,如娇低啭,拟娥翩诵,唧传珑珑,歌响璎玠,弦随风动,击面不寒,柔如绸袖,婉似莲裙,佐闻水声抒笛明静,若玉女摇枝,引人痴神。赟渐迷,觉双手托肩,缱绻难罢,分心乱意,启齿哦喋。顾之,又无一人。如是捻挑,忘乎此彼,陶然乐极,梦游阙宇,不知已寐。

翌日方觉,大惊。见东暹,拾囊整衣起行。及暮至乡,唤亲无应,赟入,觅各室而无果,唯见倒台偃卷,裂榻暴棉,卧箧散帛,尘网丝罗,如敝久矣。赟忖遇匪,老母妻女不测也,号哭四窜,扯发抢地。忽闻《文君》,涤一心无念无识,如驱于他,缘声直至车旁,又无音,盖琴独置而无人也。赟以指触之,厥醒,不知何于此,以为怪,了无怔恐,悲怆淡释。赟安行袱于家中,丧三年,间不下荤,仅服粥羹,悴如僵骸。三载竟,齐屋舍,顿具器,于西南建草亭以抚琴。甫罢,夜携盈壶至亭中,脱靴宽带,乘酒而饮。巡毕,攘臂响琴,初如流水,再似吞乱，后为姥雀，易如嬛娜，仿破樱桃而抒，拟绽海棠而叹。低言切语，清音弄调，时时趣喈一二，怜兮妙哉。园中春柳，闻辄倾枝，条绦互环；墀花野苋，应随拂摆，馨漫琴上；嘤鸟从翅，呼告和应，恣姿弄影。月静云空，皆安歇陶神。赟自乐，浑然忘物。凭栏入梦，见一女子，素衣洁缟，披发绸柔，伫如出水净莲，罔近凡物。赟注神观之，欲步前，然女远移，终不得细审。赟嗟而惋之，女似知其懑，缓回眸顾之。目之所融，赟魂飞魄离，待复视之，寻而无处。乃惊起于亭中，已而日。赟惚困，忆其梦之所见，惑其系属，摹其颦蹙，日竟过午。赟倦，未饔而就亭中眠。及醒，镬粥藜，未餍而卤酒往亭中，自饮自乐，随性奏音，复痴。夜得梦，果见先白衣女，姿如当初，顾首又醒。赟心疑，望与一见。如是几日，赟相思意切而怀疾，不可高语，筋软肢瘦，废琴于席侧。

一夜，月澈风爽，透户扑面。堂前翠色含芬，华林遍青，柳枝缠影，柯啭娇莺，馨烟暗度，金蕊僀偬，只彰形美，诸物如流水从墀，了无凡间之气。赟复启琴而奏《胡笳》，顿挫膺抑，悲离伤季，断肠泪血，音振穹空，离乱之苦，尽现其中。赟念茕独无伴，无亲无戚，故涕泗失语，不能已也。闻子规夜啼，甚怅然矣。对月饮酒，凄然曰："去月逐流南柯梦。"言罢，掷卣于地，掩面大笑。忽闻牖外一言以对曰："转面倾君芙蓉情。"声如鹃鸟，若悬如丝。赟大惊，探首外窥，不见人踪。赟以为神，倚窗东望，见山拢诸云，复咏："白云一番雪。"伺其复答。居无何，果复曰："朱樱两点红。"赟履衫拓门而趋，熟顾而无所得。环视舍所，于东墙得一红鞋，形貌娟小，赟拾而归。再吟咏，无对言。

不日夜，赟身抱恙，四肢僵劲，指不曲伸，欲奏琴而不能。感身之泛汶汶而不可移，闻窗外一声曰："桃花东流水。"与向日仿也。赟倚枕对曰："晚日西落烛。"其声也怯，又曰："千百绿红色。"赟知其言庭中花木，念是已为，对曰："三十青苍颜。"赟未待其言，问曰："君为何人？"女曰："还言问君，曾慕君高雅，于夜来访，幸而冀得君之垂盼。仍怀怯，见君外出，和羞而走，竟失鞋，料为君得，故往。"赟闻而启扉曰："请君入室与谈。"未应答，又曰："莫怀疑，还引一面。"言未已，一十六七女子翩然而来，色容艳绝，娉婷娇娜，玉质冰肌。云鬟高盘，娥眉低蹙，樱唇皓齿，锒金钗玉，嫣姌荣贵，态形如画。赟自出而未见斯色，渐不自持，伫于门畔，眼迷思飞，视此女若梦中者也。女敛衽曰："君何不入也？"赟觉陋礼，闭户而入，置饮对坐。问之，女笑曰：

"妾郑氏，为睢阳贾贵之室，因安史乱而迫迁于此。尝于夜赏月，闻君奏琴，故往此。连数日，钦慕于君，特对联以访，未料失鞋，冒犯来取。"赟审谛之，肌底蕴红，足翘弓笋，熟视益然。付与失物，问其处所，答曰："从此东一里。"又论诗文，皆虚席倾身而发。已闻牡鸣，郑女敛衣急辞而去，赟欲挽，已无踪矣。如是几日，赟夜奏琴，日日辄至，相论前人著文，接晓则别，赟之恙疾全无。赟奇爱其文学，苦盼既昼即夜而不能，一心欲留之。与日去，行举狎密，欲共偕好。

又一月，赟白日奏，然久不至。是夜，郑女来，与赟对坐而久不语。问其故，亦不答。三更才语，曰："君正诚博理，实不该欺。妾本为程伯献之侄、程处寸之女，小名宝怡。因程右卫与高力士交善，损于安史乱。因庶出，乃弃我母女以当众，又以绫缢。恐鬼怀怨投府而状，以断后报，散我母女之形魄。幸所相助，取其五，其二离，以妾之发为弦，寄于琴中。刘君德贤，委寻一良处，断弦而葬，不可逾一日，弗则其五也去。"赟大愕，习常面见，又不以骇。程氏言毕而飘然去，赟复卧难寐，东明方眠。过晌便醒，又奏琴，不见程氏来。夜半又见，赟曰："白日奏曲，何而不来？"程氏曰："述是女鬼，白日不能见。"赟乃信之。

小说

自女一别，三日未见。赟因夜无聊，曲肱而眠。恍恍梦有二吏丁入室负己趋出，唯觉肢僵劲乏，口难吐语，似梦而非。直向西行，去有三里，两颊荡沙，隐约见一高殿，走石砰土，障目而不知其全。赟同二士入内，见堂中幽火传明，中屈高位，束直发，须遮面，着黑袍，伏于案。并陈于左右者，乌衣黑绮，各持一卷。又闻镗镗，见程女解来，手足缚枷，列于己旁。左右曰："此睢阳城隍也。"居上者曰："汝曾识此女否？"赟曰："某尝与其三会于夜，知其未害天理。何故羁此？"城隍曰："人死者，为鬼也。既为鬼而存人间，违天理也。故此。"赟曰："女姓程，情理不该绝，因属奸权而累也，实为无咎。城隍开明，可还之随我否？"城隍曰："已犯阴条，必以罚。汝今以为证，速回。"竟，二差士扣袖欲还赟。赟喝曰："且莫动。毕力救之，吾之欲也。"城隍诘曰："何难狂佞，重责之。况为鬼劳神情，何以面祖？"赟忖旧于馆学尝读一轶志，中言未尽阳之人可取阳精以滋阴，乃鬼为阴，自不生化。盖世事皆阴阳有数，鬼所以补阳，又以差筹之嫌，故可易阴职所行一事。将语，程女哽曰："君实为精诚之辈，竭心以助，妾感之无极。今自浅薄，请君回返。城隍高明，且恕其失，放其还阳。"二吏与赟退。既出，赟谄曰："二将疲困，何不至蔽舍一歇？"二吏笑曰："善。"赟遂取香以养。伺其悦，又曰："某欲日日以奉二将，遣程女与某日日见，其许某矣。"二吏曰："矣，此非儿事。依汝之意，侪等焉能许也，当由大人断决。"赟知其意，曰："二将且报大人，某当以肾血阳精为引，勤上香火，粗表决意。"二吏笑曰："定告之。"其一颔首泯唇，赟觉腹内如劙难当，晕毙而倒。

醒，已而夜。赟拥琴抚之，乱珠成章，然久不至。赟以二吏未告，疾心又倒。次日方醒，思人心切，加之血无精，患恶疾，日日下矣。又十日，赟焚香求程女一面，终不抵疾，厥绝不醒。蒙眬间，见一人疾来，然视则如翳而不见他物，周无觉触，如释大梦。忽闻远唤，初如谷中拾痕，才开朗明目，斗上星明，烛温灯暖，有被发者执汤以饮，熟视，乃程氏也。赟大喜，暴起而拥之。觉无病碍，西叩三首，又问曰："卿何时归乎？近日香火曾断否？"答曰："日日进矣。妾不该瞒，自十日前便归。念人鬼殊隔，终不通理，本隐于琴中，以断君念。然见君久思不忘，因生思疾，痛乎责哉，故以侍。"赟以手拂其面，曰："吾实一心愿与修偕、双宿共栖，卿莫有如是心则已。"程女羞声以应。遂息烛灭盏，绸缪云雨。程氏勤劬继日，喻兰梦，赟愈溺爱之。

已而夏，程氏凭窗弄盏，晚烟攀树。远闻铁鑱，寻声眺视,见立戈竖旌,被精甲,二三行陈散乱,知是叛军。诉与赟,寄入琴中。至刘舍,使一二士叩扉,赟启扉相迎。头部曰:"我等乃御军,今行乏,于此歇滞。况有上令,为供财物,汝当出我等也。"赟诺,取箧以示。头部疑,索察回顾,无他稀物,但得一琴。众惑之,或以摩底,或以挑弦,其音如环掷地,引痴人心。隐约间,有一女坐于琴上,面容秀丽,似仙脱尘,腹似有孕。复以弹挑而无旁物,绝目裹睨之。赟怒极,展臂与众相搏,屈,因于侧室。仰目外视,欲刀斧之而不能,阴郁不舒,涌气血而薄出。如是四日,叛军皆不欲行,唯争玩此琴,相斗相残,类遭窍害。头部乃知此琴为怪,提剑斫弦,果不相角。不日起行,还赟归舍。赟见弦断,脉若凝停。自尸饕而食,见月挂当空,忆向时程氏所言,太息噫言,恨不能矣,取绫抱琴自经。

算 命

张谨,粤东人也。入京职。逢岁,于归途得一书,有记人文述人之生者万万篇。其生之所为、所想从因及果,悉数详也。谨疑览之,见有题为张谨,遂阅。言谨之生平尽善,犹言得拾此简,甚为神也。谨喜,携之而发。

夫李平者,谨之友也。与清谈,言于天命,其一未信。曰:"果有其乎?如有之,何而无见?"谨即取书示之。启,及言,果如上事。谨惊,录有上志:"有子曰:'人之命,不知也。为人者不知,为如世者不知,非无有也。'"

既别,谨通研此书。有义,借以晓天术、与卜鬼,确也。

又三载,谨手脚俱烂而毙。

散文

无名园游记

　　壬寅年腊月初八,余窥窗而外视,见景明空丽,甚朗悦,乃饭毕而出。

　　既出,感朔风扑面,所备之物俱枯凄。往日之晴阳,寒今时之苦树。

　　居无何,竟至无名园而不知。缓步慢视上下之景:云开天阔,海从怀生,远风忽近,动林静听,干枝相错,影傍依连,交织乱目,不知其深浅也。霜上石阶,黄焦草叶,鸟鸣一二其间。此者,空亭之兰也。

　　穿林而行,见奇石似未被之马,非骑者而鞍之。余大喜,乃攀之而远望,见有睡湖,作坚冰,远接青碧。噫,壮乎哉!吾之膺郁排无一遗。是天之寒而明吾之心邪?

　　行于湖边,以其更甚而意更佳。左右而视,孤桥独立,遂急步而上,得斯景而无余。之于此,若人间之己境,想及旁他,太息尔尔。

　　采景即归,记之,述文至此。想余之前生功名,同千百人共进退，而不曾齿于上名、闻于他耳。幸得安世，不行干戈，不作田耕，前读韩愈之《二鸟赋》更情于此。余尝观古人之辞，为习于己，以为登达高境，然逢事必忧，逢性必喜，将不东坡者"一屁过江来"？

今与挚友谈，忽而叹曰："吾之仕者，其上齿而不喜，其下齿而不悲。"吾果此乎？不知也。但觉前途漫漫，怅而往之。

如使人之生于天地间，入万物里，或成一景，或成一具，可久乐乎？吾亦不知。但行且行，但看且看。人生何必长风伴，只是平生往事多。

此篇之言，非嘱予谁，唯真情尔。

早春山赋

壬寅年正月酉辰，予自西出于阴山。感时之早春，逢千百般态，长寒渐退，世事愈新。

归绥之北面重山。远仰其貌，纷回合抑，伏于地脉。其茂丛成鳞，似盘龙而抟上；其绝壑成壕，拟波涛而涌腾。角逐云中所言大，垄亩耕川而又高，广行无际，承天界地，不视其首尾，理日月之息作，列丹阙之通途。沓云去雾，洏谷凝霜，早春之景也。

此山也，其南，阴不至而多发木，其北，阳不舒而积白雪。于途中望，间具渗澹，如被褛帛，忽不可见，路转而复得。上下而视，其异者，乃归风之林也。虽裸枝形，萌发新意，勃生煦煦。榛棘卉灌而为槽，坚冰斛土以拥淤。斯至观也，太一之泽何有愧邪！

牛羊成群，齐舍杂炊，二三牧者，山息人静。远喧离尘，果得慰尔。噫！吾欲使山春即至，枝发柳欣，潺流渠涌，谷空鸟鸣，当何情焉？然春不得一日将至，由是则寒向暖，绶发枝木，起具惠暄。

吾复叹也。人之所慕，曾不能使其全，而欲使之，是为贪也。如春之难得易失，而欲留之，亦为痴心空往也。人之所向，行之亟实而不能，故而顿足恶语，是为枉也。今吾之幸，得居安世，又逢圣人，以尹天下宁定，庇吾之身，予吾衣食，不思寒苦，不行干戈，承明教化，当无所求也。然人之心非以箪测，故世有所欲，世有所求。吾之欲者，甚繁也。或为名，或为宠，或为其事，期之辄就。然事皆依法，处有定测，不可枉得，转求寡念，以修本性。是故读书著文，研经习论，匡裨我心。自有五载，以为通智，无何所求，即痴寻玄门，冀求至指遂来。不得，垂睑掩面，夜不能寝，苦思终日，卧榻弓躯，期我无物。如有所得，兴喜激昂。今闲游将润之山，视涠土，偶得一言：吾之求无求之境，亦为贪也。

吾之于此，触白日而离神。日栖山间，云通万里，俱伏山长焚，其广而无所极也。人何以得晓其途也，由中而定，独了其身，而非强得也。

春何至乎？吾不知也。吾何归乎？行而思也。今吾之所谓志学之年，虽无名而不羡尔尔。

祸 道

人之一生，必有其难。然不知何将至焉，故弁心提胆，或有一懈，则殃矣。是此也，人之将悲而不知，人之将喜而不明。遭其祸，竟痴以抢迎，终成病疾。且古今之豪儿，至于其死，未明罪状。楚王之刎于乌江，解缙之毙于霜，岳飞之亡于深狱，想其生者，俱为英杰，业大一方，然各有其命，于其数时，其必亡也。今之人，虽处安世，如不守身，将得后患。夫难者，专功非业之人。想人之生毕，绝于一夕，痛乎哉。

周秦汉魏，传而于今，空留其名，所谓"杨柳春风一杯酒，江湖夜雨十年灯"。噫！人之悲喜情态，凭托于此。吾之平生，为避其难，慎于芥毫。今之所为，于正于反，上为公理，下居人情，中于谋策，皆故此也。所存于世，莫负于己。生当难定，天道也。于吾者，唯茫茫之途矣。

驳韩退之之《原道》

　　夫礼邦之君仁也义，之民仁也义，是以天下安兴，共道与德，隆乎昌哉。盖天地初开，才料鸿蒙，此肇通道德。自上古时，帝与炎争，率四千千众，结而为一，俶定气象，之民自谓炎黄孙。后尧者，始治水，置谏鼓，齐历数；舜者立民法，任贤臣，正仪礼；禹者安洪害，征三苗，重农生。此诸先圣，以授民之食、医、祀、礼土、室、乐、刑、驱、畜、贾、戈，养生育运，所以称尊。此益善道德。夫传礼者，老庄而夫子，其同为教立，与魏晋之释门。其道德者不类，老谓道德曰：道为物本，形而于上，奉承天名，以体为用，是而气运，合己成一。夫子谓道德曰：博爱宜行，足己勿外，敬乎仁义，自志所行。佛陀谓曰：色空空色，俱无定有。如有所，心相也。共相民以道，为通荒古，规刑齐政，又明思理，修其心意，遗《老子》《南华》《春秋》《周易》《诗》《书》《心经》《地藏》《法华》以善后人。此广师道德。故中华之五千余载，君者令其民而民受之，上予器、粟、丝、帛，下予安业，商通利贸，八方汇涌，敝人尊者，语同语，名同名，礼同礼，拜同拜，昌也茂哉。是以为华邦贵国。

然其果悉善乎？非也。其言各益，各不益。庄子曰"圣人不死"云云，虽死而何焉？是圣所以久存而非他也。然或以孝、悌、仁、义、忠、信、贞、廉为谤诬他人者，必其罪。夫子曰唯女子与小人为难养也，虽养而佞焉？是女子小人所以为者有胜也。然以弱幼为诽，枉正曲锐者，必其责。佛陀曰秉承慈悲，剃发无后，食素无荤，虽积发肉食而无境焉？是足念而皆处参佛。然以削顶斋食以为凭者，必其教。是故有不足者，因形效论尔。世无完类，当以三学而合一，求精而非求罔，求全而非求独。

今世局之变，百年而未遇。外虏四起，圣人故言以自信警众。然果乎？未定焉。或曰：既志，即除以外文、莫使夷语，由是则否之。弗如是，定谓此非足云。其真毋信乎？其目之浅也！想汉祖唐宗、元帝明皇，皆以开明，于夷术且欣，于蛮术且欣，盖以师态而辅之，何虑为自信焉？或曰：至于物理，当以外为正、以内为附，以外为左，以内为右，以外为尊，以内为贱。其真毋不信乎？其思之鄙也！自唐虞来，竟五千余载，其理其信其物其文其礼其道德，独成一统，所旨者多少高于言，此蛮夷者何以比焉？然有窥之于其中，必不能识，故所谓不如。其真焉？其未究也！

由此将得一言："是以三学合一，众学合一。各取之长、蔽之短，平心共论。"

想退之其时，唐王无术，贯于佛而轻于礼，至于不足，上下俱损。韩吏部所著者，何咎之有？然诸良莠本无以类，何一言以论之？今与唐殊异，各学兴也昌隆，此圣人之所允也，当以匡裨，利一也。

我之所谓，今谤佛者，皆以为外，或匡缚。然不知其道本善且良，况今之所谓泯性者，非其全本，具以域划异、从俗化演，经千载而为我物，养政入思。佛陀之心甚善，其闭塞人伦之为后所著。或忘习礼而渎之，况其礼罔不住形，乃以箸食汤，不得义也。夫子尚请项橐为师，依言理博长采而去废杂，以睛目为辨臧否，此之侪辈所以为，不宜憩目自持、浅究仁籍，以自意广告，摒时世蹉跎，怀私而怍。此所以为精其因也，所以为合其因也。曩人之不知，今之类往，实不周也。

道之圣德，亦为上形。老圣之道比夫子之道，乃一为玄德之道，一为人之道。玄德之道乃容人之道，其道益精，示诸以生和太平礼教法度之门，此老庄之未及也。

然天也无穷，人亦居下，此授人以明身而广行。或以背于己学，故折众而利自身，欲除之。夫除也，孤也，宁违夫子不施不欲言，求居之稳，实德亏礼空。

吾所谓：心存和，道存安，相取长，不互谩。

或有曰：儒之所事，为华夷之辨，何而为持释门欤？应尽之而无存。何也？所谚以"夷狄之有君，不如诸夏之亡也"。夫所以为夷者，国不兴，礼不至，人未化。其辨者，以华荣而夷黜，究其时传不通，授以塞，所闻弱耳，故圣有蔽矣。若今者与他邦事，皆以为夷，其何以学明辨非、定性修真？既佛陀，是为尊，可亵之？中华之唐虞夏商周秦汉魏隋唐宋元明清，或易姓，或改族，取其善，弃不善，其所以为华也，非一言以定焉，岂因异姓而不乎？泰伯之吴越，习以祝发文身，而夫子以为至德。以易易不易，是为明也。此之谓道德，何若以一己之私以愚世人者也？

初雪游记

十月初二，大雪何极。望之，涤情开朗，故踏云而来，欲取霜景。

既出，已而会雪下，未甚寒。目之所至，甚惨澹。微霰零，俄而密，俱伏于径。予观其覆者，间若藏金，静内斑驳，掩于风霜，是枯叶先行也。向时草木，何以得一夜零落？是不堪白发之苦也。径上者，唯数人，匆而往，被身雪。夫行者果切果匆而未觉白头。

步至园中，渐小。所旨皆静也。远山皓然，不接天色，白桥断路，瘦亭睡影，空潭盈雪。回转林岫，所见者多为朱黄接世，压枝裸干，伛偻形孤，一何老矣。穷目至者，渺然如虚，一如不可触，此未名湖也。近而视之，波微凌倩，抟浮风景。雾歇其上，淞附其出，乃雾凇不辨也。是霜天未能竟此湖也。

缘其行，穿廊引步，雪骤。顾之，所视皆白，远阁近宇，只窥其概也。

雪中之景，非独吾一人采得。或坐或立或行者，扶老携幼,缀若迂回,影依于他旁间,无不欢颜,一何乐矣。然如翁者何也?盖覆雪而白头。前行者之老态亦如是。其"功名白了仕人头"之谓也。是欢也,是所求也,为念也。之异于树者何?然吾果白头,如何得鉴?

人之惧老而死者,不能遗,将不畏影者未能忘怀?

老之言曰:"无名,天地之始;有名,万物之母。"是故无而有矣。既有,何而未"无"邪?人之所求,指也。生之所谋,至也。至不绝,而终得无者有者于己言也,此亦为是。

夫所谓老而死者,与我何干?假天之道也,何而比之?

物道论

　　虎饥，伏于榛丛，俟獬而发，以啮毙之。獬之死，非其欲也，必怛鸣，惊猿窜鼪，久转而绝。鹞跃于空，鸠鸽燕雀或触之，骄眦而殪，剔肉暴骨，食罢而弃，入蓬为尘。上古无道，迫殣而髑髅遍道，小儿搴蒿视之。有圣人作，食豨而爨之。传种作，蓺粟藜，得果民腹。汇善民之道，上若风好睦林，下若折一全众，以成仁德，授而广传。

　　人之肉食，兽亦之有也。如无杀损，使之无出而入，斯盈矣，浆必覆皿。是故尝生尝死以无生无死也。

　　吾得一梦，疵厉燔世，乃食人者也。人之为食，尚知畜之为哀也。哀何也？驱之本性，受之大道，非私也，私上授。此天之仁德，汇善生息之道，道得已矣。人之相相，于道曰无甚。所求善，礼，知之谓得报，非求于道，求己身矣。故圣人其身，圣而为人也，以而履任，是为圣人。

　　嗟叹言：吾之死也，天为之，天其罪乎？

东海之东,太冲谷虚,无形声气息,是为亡也。其果亡乎？亡存也。生乌鼍,而不可知矣。吾何知乎？徙之西矣。西海自成面西潮,而私之,旋潘抵流,抟逆而行,不从道也。此不道乎？道之东矣。鼍出机而所承,使安水圜流。

故形无定形,依今见闻,皆种几。使阳为阴,而倒日行月迹,改相面,换本空,是已矣,亦存焉。天道其苍,茫而不可视,独抚膺而息。今所虚玄,虚而又虚,玄而又玄,虚以虚存,玄以玄存。为其种,本不易矣,易他形尔。吾洞之南,而已明矣。何如是？洞之矣。其本无易,非本有之,形以非本形。欲探青鸾,却探而不得,何焉？不得探也。故有问曰：诸之所以易乎？不以易也。天行之而持乎？不以持也。使谷虚淞伪形,不行形咎否？天道之行,使行焉？自行矣。故水非水,土非土,无大乾,无大易；水其水,土其土,大乾乾,大易易。物本非物,人物之；道本无道,人形之。

在蓬山。山高而嵩犀,隮戬而云瑞。攀援上之,有小人居,隳其穴,众惊惧,以为大人。尝至岷山,有兽入水风雨,光如日月,声如雷响,夔是也。吾异之,其亦为然。镜人非镜,人镜非人,是此也。

有所求者,其名曰道。终乎无始,无始以存；尽乎未有，未有以存。道为何焉？其为汝身，所言非道矣，道不得存。

故日日以继吐吸。

愚苬子

樛樛其木，荒之南园。望发朔修，复以还回。有愚苬子，隐机而坐。指木曰："彼槽而非今肆，故彼木而非今木乎？夫周而者，以阴阳无怠，消此盈彼，故彼此之驰矣。为木成扉，而木非木，曾不谓物备反欤？且今谓名者，周而无，何也？"

吾曰："物其物，道其道也，而不存也。强名曰者，非有自使，而自使然也。子列子之蛙为颐辂者，言蛙为种几本，可乎？"

愚苬子曰："不可。"

吾曰："故为种也几也，种几无他，而人之。此道道也，而不存也，如置于彼筐者，是此也。"

愚苬子曰："不存者何也邪？"

吾曰："本可本乎？"

愚苬子曰："不可复矣。"

吾曰："道亦不可矣。《物》曰：道不得存。"

连榻卧论。

愚苤子曰:"周天而一者,我心也。"

吾曰:"奚此也?"

答曰:"道为我。"

吾复而笑曰:"汝非汝,周行有别。"

有白鹭兮,生于岱宗,则暮物化;为乌兮,于是向生,既则竭为归所。愚苤东游,携夜共宿。从者有子窥而问曰:"是所闻也,诸生者,皆避也。未见如有长死而短生者,何也?"愚苤子曰:"如避者,汝生者故此。反亦然也。夫生入死境,穷力图返,死入生境,尽效取归。依其性,莫私之,是此也。"

愚苤处卧,子拜而就寝。夜梦化乌,伏拜府君,惧而狃。府君怒,使擒之。子惊挺而就,覃嚱抚膺。愚苤子曰:"何而复醒?"子为致言,愚苤子挹而曰:"汝生者,何理之死乎?"子曰:"身于身,身于梦,内外径然。我不知何为我也,请详之。"愚苤子曰:"身者身,梦者梦。身之所以处者,汝之见也;梦之所以境者,汝之作也。俱由之性。"子曰:"奚为我?身者梦者,去远矣。"愚苤子曰:"何必曰我?身者梦者,皆为形用。身者知身,梦者知梦,辨者知辨,不动知不动。何必曰我?"

子曰："然名我者何？"

愚苊子曰："汝之梦作，如之梦汝。汝知身辨如汝知身动，于时之知，于时之也，而形性未移。强为曰我者，出万物也。如月之上下，行上下也。为木为车，车之易辙，木之移力也，因形效用。为木为舟，不舟车也。太一佐水为宇，宇为土，土为木，为木为偶，有身，梦，辨，动；以铜之，而身，梦，辨，动；给二心，则身，梦，辨，动为具哉；复以为偶，亦身，梦，辨，动；取魄寄于云中而为土，有者身，梦，辨，动。夫一也为我者，周行走凿而已；一也为我者，易骨重肤而已；一也为我者，二心忖为而已；一也为我者，翕发修木而已；一也为我者，其形寄用而已。我非我，而自使然也，取而名。噫！小子，我之道，闻于师，如水于途。途雍曰泾，途幽曰沛。何以界泾沛之间？雍幽自然也。途雍者，以泾也，以雍也，坻渔者，择流而业，各司之。途幽者，以沛也，以幽也，坻渔者，择流而业，各名之。途冥曰海，而泾沛者江河。江河汇而出。途云曰雾，而海江河者，相与为之。而水之不消不生，自然也。故无有去，故无有归。"

愚苊子向埬而曰："吾之从师，尝于泰山。师曰：'夫殁者，而为魂。泰山者，府君处也。佽逯往，陟彼山，趡巉岩，行中逵，歌不辍。有殿施于谷虚，既觐止，缓而入，庭有沼，使污面，可复窥生者，府君之命。'吾故惑此，何以知今者弗为沼中乎？今明矣，述之与汝。吾师尝言：斑斓入梦，则居斑斓也。或在沼，或在堪，其何殊也？沼者不以为沼，堪者之以为堪，尚不知其身。"

子曰："依君所言，君何以知出己者？"

愚芚子曰："则不知也。"

子对曰："我马玄黄，隤梦群驰，以为述矣。然以吾观之，则色弥而瘠甚。今者亦然也，何以得其为善于身？"

愚芚子曰："何而善乎？汝所言身者为善，当求于身，非其淫也。是此然，心由之。其自然，无以由。夫以者，从性也。性者自为，以然也。名之，有不可，而不移，善也。吾师尝言：道乎是，道不得存。凡假于名，以由也。"

子曰："何以不存？"

愚芚子曰："人不可屈，道亦然矣。道道者，非道也。夫人者，相离于万机中，不以为也。不为者，名也，于道何焉？故有不存者，不私也。"

子曰："依君所引，君之知者，曾不知乎？"

愚芚子曰："汉之泳舟，汉舟乎？"

子曰："各相形也。"

愚芚子曰："吾之知者，如鼓风过畿，非使之知也，况莫辨其形。以应之，自为也。汝其可夫子与言，然不尽也，当述以详闻。"

愚芚子掇石而曰："名葛可乎？"

子曰："不可。"

愚芚子曰："何也？"

子对曰："丑而坚，杲而洁。葛之莫莫，形相去也。"

愚芚子曰："东瀛有白石，可以葛之。汝之不可者，汝之闻也。今国之戕者，置戈肃肃，未弗以礼其时。况周行者，非即彼亏而成此。果然也，何而敢命。"

子曰："非子列子曰：'损盈盛亏，随世随死。'老子曰：'损有余而补不足。'至于承负者，则悬水砯石无以音，何也？"

愚芚子曰："道者如水于途，携赟汩流，何以远沫乎？"

愚芚子与子步于中林，鼠蠡诜诜，错薪如洗。子攘臂欲逮，不果，复愚芚子之右。

子曰："向闻君之所言，不知蠡而枯叶。"

愚芚子曰："使叶其泽，可以为蠡斯乎？"

子曰："尚不可矣。"

愚芚子曰："使全其壳，可乎？"

子曰："非心腹之。"

愚芚子曰："辅以蠃魄，可乎？"

子曰："我不知也，请君示之。"

愚芚子曰："吾之所言者，形也。形具而质备，于身则不辨。道者无形，形有分，其差渺然。吾师之谓'道乎是'者，盖蔽渺然而取其原。故分者比于一也。"

子曰："我知之矣。人之有德，物之存乎？"

愚芚子曰："道之至德，何而旁之？"

于谷中，共揖礼下车，辞南北而辙。

弟子请曰："君子辞而言乎？"

愚芚子曰："施于谷中，虚也。之不可者，宜付以人也。之于其实者，实也。道者，自得神形于中也矣。"

与菅山长书

五月十八日,瑞再拜。

瑞之获见于师,幸甚矣,始尝戏一言,博一誉。然奔走也,寒窗暑椽,日日继见,师之闻一言而寓一语,不疲以教,愈得于心,益进慕意,尔来有三载矣。噫!夫三载者,如水之察察鸯鸯,不以复见。中之情性,发于心,益尊师敬师。

观古之学者必有师,以传道授业。人之所以为知者,非生而有之,非生不知惑,既惑而不患,则如未砻而驵门,不可成器也。然后有从师者,师然后得解,故师者,生乎吾前,道乎吾前,业乎吾前,所以从之。先师已师,次为人师,故受敬于吾前。德之德,以吾德,故以尊之。

嗟乎!是此矣,古圣人传道,有从有不从。其从也不从,故虽毕力,智益智,愚亦愚,究为智者不耻师学而愚者止也,非圣人遗也。今之世,大学大兴,无长无少,无贵无贱,故动传所理者进矣,责进矣,任进矣。由是理五十有六人,而各善,实不易也。故以尊。

彼有耳闻耻于相师，古今之望达，为弟子于初，后而此焉，如是而已。

前瑞无心于术，夜逸于园中，窃度其竟三载而何往，见如孤蕢而无定，况不知前路也，烦扰忧，乃知此三之幸甚。

吾欲身于时如水，然时之莽野甚水，自持于中而未和，亦不措意也。今自勖自言，偻以文表，望师勿忘。瑞再拜。